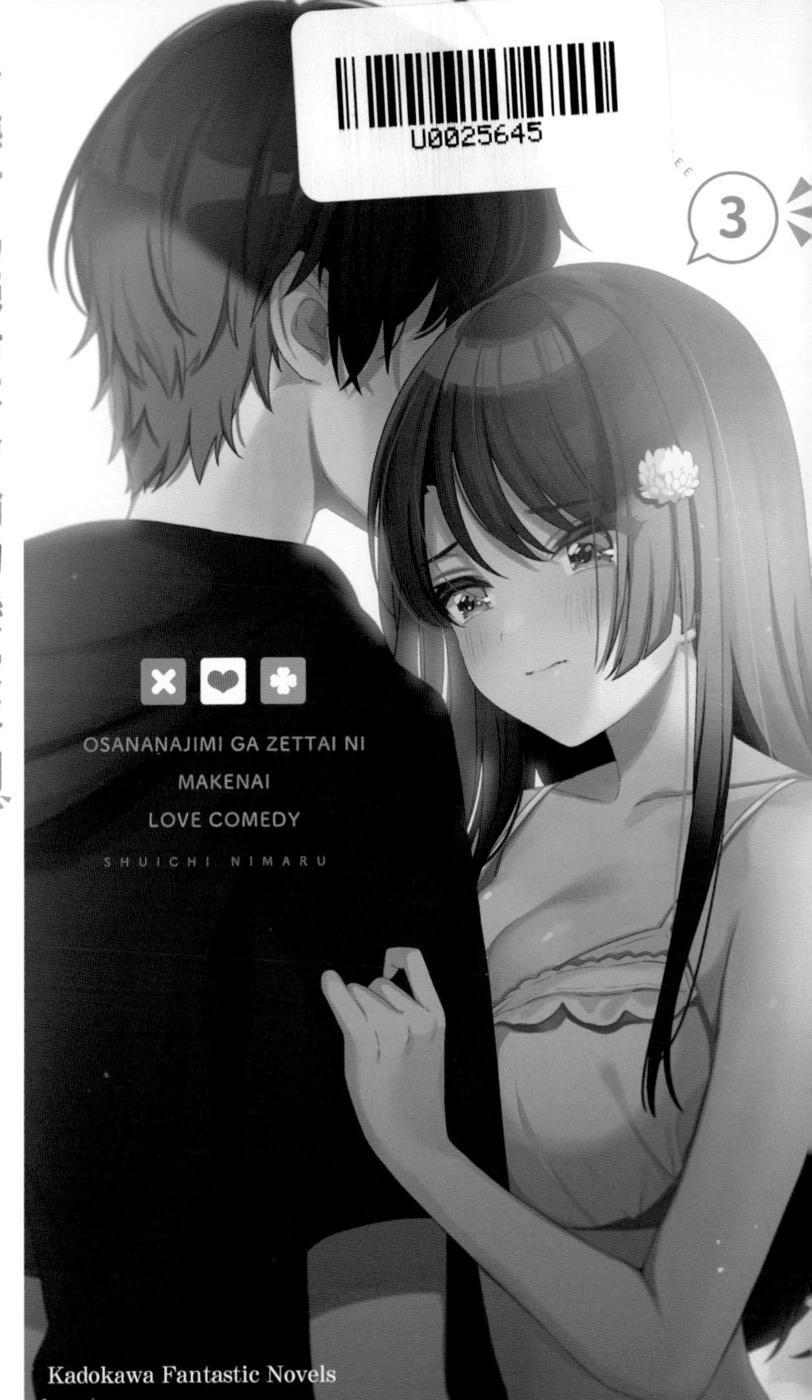
青梅竹馬絕對不會輸的戀愛喜劇
3
OSANANAJIMI GA ZETTAI NI
MAKENAI
LOVE COMEDY
SHUICHI NIMARU
[作者] 二丸修一
[插畫] しぐれうい
Kadokawa Fantastic Novels

CONTENTS   

KUROHA & SHIROKUSA & MARIA

由於有廣告收入，「群青同盟」的成員敲定要到沖繩拍影片。青春並不是只有學業而已！

攝影／甲斐哲彥

NAME
可知白草
黑髮清純型校園偶像，
曾拿下芥見獎的高中在學女作家，
也是末晴的初戀對象。
NAME
桃坂真理愛
在連續劇《理想之妹》當中
飾演主角的年輕人氣女演員。
末晴童星時期的小跟班。

青梅竹馬絕對不會輸的戀愛喜劇

OSANANAJIMI GA ZETTAI NI

MAKENAI

LOVE COMEDY

〔作者〕

二丸修一

SHUICHI NIMARU

〔插畫〕

しぐれうい

Kadokawa Fantastic Novels

序章

＊

為什麼會變成這樣？出了什麼岔子才讓局面糾結到這種地步？

事到如今我已經想不起來。

不過我可以篤定的只有一點。

那就是——黑羽「欺騙」了我。

「嗚嗚嗚嗚……」

我跟黑羽保持距離後就背對她蹲下來，伸手拔了長在堤防上的雜草。

「小、小晴……？」

黑羽好像難以捉摸我的反應。

她沒有繞到我面前，而是從旁窺探我的臉色。

「對、對不起嘛～～……你、你聽我說，我並沒有惡意……真、真的啦……！」

「…………」

「難、難道說……小晴，你受了刺激嗎……？」

「……還滿深刻的。」

我冷冷地斷言。

替我設想看看吧，有勞了。

我面對黑羽……應該都算一片誠心。

聽到失憶的說詞，我固然有些懷疑也還是信了，還為此流淚難過。黑羽遭到瞬老闆刁難，我就插手幫了她。

當然，我並沒有賣人情的意思。畢竟我信任黑羽，更把她放在心上，也就覺得自己做出的行為天經地義。

可是──

「對、對了，小晴！肩膀會不會痠？啊～～果然是因為拍廣告演戲太賣力吧？你的肩膀摸起來硬梆梆的耶～～」

換成平時，被黑羽摸是值得開心的，我也不可能排斥讓她揉肩膀。

不過她現在這樣──未免太虛情假意了。

「…………」

我默默地晃了晃身體，對黑羽的手表示拒絕，然後螃蟹走路似的往旁邊移動，隨即又開始拔草。

「小、小晴……？聽……聽我說嘛……這件事，你能不能……一笑置之呢？」

「——給我理由。」

我簡短告訴黑羽。

「咦？」

「妳這麼做是有理由的，對吧？這是為什麼？為什麼妳要拿『失憶』來騙我？」

「唔——」

黑羽的目光游移了。看得出她混亂歸混亂，還是在迅速動腦。

到最後——

「耶嘿♡」

她又吐吐舌，並且俏皮地笑了出來。

「對了！回家以後我再幫你按摩當補償！之前我在社團活動學了一手，可以用來消除疲勞！小晴，畢竟你為了這次的廣告比賽勞心勞力嘛！大姊姊會給你福利喔。」

「唔——」

我抱頭懊惱。

（——這不是我要聽的，小黑。）

光這樣——沒辦法讓我服氣。

「嗚嗚嗚嗚……又被玩弄了～～……我已經不敢再信任小黑了～～……」

我只能導出這樣的結論。

比方說，黑羽這時只要神情嚴肅地告訴我：「抱歉，我無論如何都不能講理由……」那我就可以察覺當中或許有什麼隱情。

但是當下的反應不一樣。黑羽有意用笑容矇我，隱約看得出她想給我一點小福利，打著想避免解釋就糊弄過去的如意算盤。

這樣我沒辦法信任她。

我受了欺騙，還遭到玩弄……我只能如此理解。

「…………」

我回頭一瞥，窺探狀況的同時用眼神對黑羽表露不滿。

於是黑羽似乎壞了心情，帶著靜靜的怒氣瞇細眼睛。

「你那是什麼眼神？」

「沒～～有～～啊～～」

黑羽皺起眉頭。平時睜著就讓人覺得可愛的大眼睛現在銳利得嚇人。

她交抱雙臂俯視著嘔氣蹲在地上的我，有股壓迫感正從那副姿態流露而出。

「根本來說呢——」

黑羽撂話似的開了口。

「你聲稱自己遭到玩弄，是什麼意思？」

「有什麼好問的……跟妳字面上聽見的意思一樣啊。」

黑羽用三葉草髮夾別著的麻花辮隨秋風搖曳，撫過她的臉頰。

然而黑羽的表情完全沒變。

「我並沒有玩弄你吧？」

「妳有吧？」

「沒有。」

「妳有！」

「我沒有！」

「妳不是耍了我嗎！」

我不禁站起身。

感覺語氣是過頭了點，然而話一出口就止不住。

用詞八成略有語病吧。

雙方都急了，內心失去從容，處於情緒容易被點燃的狀態。

結果就是——這把火一發不可收拾。

「說我要你……講話何必這樣嘛！」

「妳不就撒了謊嗎！」

「或許……或許是那樣沒錯啦——」

黑羽本身似乎不敢矢口否認，因而語塞。

嬌小可愛的黑羽臉上蒙了一層陰影，頓時讓我覺得自己好像有錯。

不過感受到被黑羽背叛的我硬是轉念，內心吶喊著對方越可愛就越不能上當。結果語氣反倒變得咄咄逼人。

堤防在夕陽照耀下變成了橘紅色，我跟黑羽互瞪彼此。

「之前聽說妳失憶，我還哭出來了耶！妳看我上當了以後都在取笑我吧！」

「我才沒——」

黑羽吭不出聲，把嘴閉成一字型，並且更用力地往上朝我瞪過來。

「竟然說我在取笑你……我才沒有！小晴，你把事情想得太負面了！為什麼你講話要這麼過分！」

「不然妳為什麼要說謊！」

「這……你不用管那麼多嘛！起碼要體諒我啊。」

「叫我體諒，我是能體諒什麼！妳都做得這麼絕了！」

「呃，這是因為……反正你要體諒我啦！」

「體諒體諒……妳不說清楚是要我怎麼體諒！有想法就要用嘴巴說出來啊！語言就是為此存在的吧！」

「每件事都非要別人說出來才會開竅的話，是不是太笨了？小晴，即使你看見有人受了傷，只要對方沒有喊痛，你就認為都不會痛嗎！」

「這跟那是兩回事吧！」

「才不是！」

怒氣滾沸而上。我應該是為了發洩怒氣才開口，卻立刻遭到反擊而使得怒氣進一步湧上，陷入惡性循環。

我相信黑羽，我尊敬她。

因此一想到自己被耍就讓我既難過又懊惱。為什麼要騙我？明明就算不用騙的，妳說什麼我都會坦然相信——思考到這裡，我便泫然欲泣。

正因為喜歡對方才覺得恨；正因為信任對方，受到的打擊才大。

感情有多深，回流的負面情緒就有多深。

因此我的心為了宣洩憤怒，甚至不惜越界踏進了不該言及的領域。

「……黑心。」

黑羽打了個顫，然後露出散發邪惡氣場的笑容仰望我。

「……咦？小晴？慢著，等一下等一下等一下喔。嗯～～？停一停好嗎？剛才，你好像講了不應該講的話耶……你並沒有說什麼吧……嗯～～？」

我心知肚明。對黑羽而言，「黑心」是萬萬講不得的一個字眼。

黑羽的名字裡有「黑」，因此別人要講她壞話很容易用上包含黑的詞。

有許多壞話都是用黑來罵人，當中最容易引起聯想，又能精確地命中黑羽要害的形容詞就是「黑心」。

黑羽或許多少有自覺，因而對這個詞格外厭惡。小學時班上曾嘀咕她黑心的男生下場悽慘的不曉得有多少人……

讀國中以後，發覺黑羽可愛的男生們理解到嘲弄她有多愚蠢，便不用這個字眼了。此外，由於黑羽是優等生又八面玲瓏，女生們也不會刻意說她壞話。因此目前頂多只有粗心大意的碧才會說溜嘴，每次扯到黑心都會讓姊妹倆吵架。

對當下已經氣瘋了的我來說，說不得的詞拿來洩憤卻是首選，所以我又從記憶深處喚醒了更忌諱的詞。

「黑　船　來　航。」

「啊～～！你說出口了！你用了那個詞！講那個詞就是跟我開戰！你已經沒有退路了喔！小晴，你是明知故犯吧！」

把話說到這個分上還是無法讓我消氣，只好祭出祕藏的嗆人字眼再補上一刀。

「──Clover Z。」

我用搞怪的英文腔調唸出黑羽取名由來的三葉草，就聽見她理智斷線的聲音。

「哦……小晴，你有所覺悟了啊……」

「覺悟？哼！錯的人是妳吧！假如妳現在立刻道歉，我倒是願意聽聽妳有什麼騙人的理由喔。聽歸聽，能不能原諒妳可就不確定了！」

「原諒？欸，那是我要說的台詞！假如你要向我懇求原諒，我倒是可以聽聽你會怎麼說！」

「為什麼我上了妳的當還非得道歉啊！」

「誰教你不肯體諒我！誰教你提到了我忌諱的字眼！所以要道歉！」

「妳講話莫名其妙！」

「笨！」

「黑心！」

「啊～～！你又說了！你又講出來了！」

「既然妳這麼希望聽人講，要我講幾次都行！黑黑心心黑心心──」

「唔～～！笨笨笨！笨小晴！」

「──唔喔！」

學校的制式書包被黑羽一甩，直接打中我的側腹。

「欸，妳喔！」

「哼～～怎樣啦！笨小晴！我才沒有錯！呸～～！」

黑羽對痛到彎腰屈身的我吐舌做了鬼臉，然後轉身。我還來不及把黑羽叫住，她就沿著堤畔的道路跑走。

我杵在原地，直盯著她逐漸變小的身影。

「……哼！」

努力跑就能追上她，但我沒有追上去。

畢竟我又沒有錯。這次錯的人是小黑。

「不對，我罵她罵過頭了啦～～～～～～～～～～～！」

我跳上自己房間的床，把臉埋進枕頭。

我一邊喃喃自語地發牢騷，一邊用超商的餐點填飽肚子後洗了澡，氣得充血的腦袋也差不多冷靜下來，到最後得出的結論就是──「罵過頭了」。

「糟了啦！我要怎麼辦？看小黑那樣，她可是真的發飆了耶！」

以往我跟黑羽也起過口角，講不得的忌諱字眼連罵三句卻是從無前例。

如今黑羽的怒火已經到了連我這個青梅竹馬也無法推量的未知境界。

說不定──

我在腦海裡展開想像。

……

…………

一如平時的日常生活，一如平時的夜晚。

洗完澡的我隨意穿上T恤，於是肩膀冒出劇痛。

我急忙脫掉衣服，就發現肩膀灼傷潰爛了。

（這股氣味，該不會是廁所清潔劑……？）

一回神，膝蓋也冒出劇痛。看來剛才穿的長褲滲入了同種化學物質。

難道……應該說，只有一個人辦得到這種事……

沒有錯，這全是黑羽清洗過的衣物──

『唔哇啊啊啊啊啊！』

我脫掉T恤和長褲，穿條內褲就衝出房間。

這次換成腳底冒出劇痛。

我跌了一跤，端詳腳底板，結果發現上頭有顆圖釘……！

——是小黑設的陷阱。

走廊這塊地方也是黑羽幫忙打掃的，所以她要擺圖釘根本輕而易舉。

我總算察覺了，察覺黑羽跟自己關係有多麼密切。

糟糕，黑羽動真格地生氣了。

對幫我打點身邊大小事的黑羽來說，設陷阱根本是小兒科。

考量過這些陷阱之凶狠、狡猾與恐怖就知道——黑羽想要我死。

——叮咚～～！

我渾身上下都冒了汗。

按門鈴示威。肯定是黑羽的把戲。

『慘了慘了慘了慘了——』

我喃喃自語，因為這樣比默不吭聲更能沖淡恐懼。

——嘟嚕嚕嚕嚕！

這次換家用電話響了。鮮少響起的電話會挑這時候響……肯定是黑羽在搞鬼。我在看著你喔，你在發抖嗎？這就是她要告訴我的。

糟糕，我贏得過黑羽嗎？……不行，我沒辦法。我不覺得自己能贏她。

『欸，小黑……對不起……是我！……是我不好啦～～～！對不起～～～！求妳原諒我～～～～～！』

…………

……

天馬行空地展開妄想的我用力點了頭。

「有可能……小黑有可能這麼做……」

黑羽屬於絕不能與之為敵的那種人。而她目前處在前所未有的暴怒狀態……由此可見「除了觸法的行為，全都有可能出現」吧。不，照現在的黑羽來想，「只要能達成完全犯罪就會跳脫法治的範圍」才對。考量到這裡，應該把「她反而大有可能對我進行極刑」納入視野。

（我現在應該趁早求饒嗎？可是——）

黑羽謊稱失憶這件事，我還是不太能原諒。

後來我仔細思考，就推敲出黑羽似乎有某些隱情。儘管我忍不住說出：「妳看我上當以後都在取笑我吧。」然而黑羽並不是那種人，就算我一時心急口快，未免把事情想得太負面了。

在黑羽謊稱失憶的這段期間，她跟我和解了。黑羽將甩與被甩的事擱到一邊，說要將釦子重新扣一遍，還提到她喜歡我。

那相當令人開心，因為我也喜歡黑羽。

（但是——）

既然如此，為什麼她之前不肯明講喜歡我呢？對此我有所不滿。

黑羽根本沒必要謊稱失憶，只要她肯認同甩掉我是錯的，再坦承自己喜歡我，就算在大庭廣眾下被甩掉，我也願意讓事情就此過去。當然了，如果她承認甩掉我是錯的，那我可得問清楚「為什麼要在大庭廣眾下甩人」這一點。

黑羽的行為缺乏一貫性。或許有，我卻看不出來。

無論理由是什麼，我都希望她能開誠布公。

或許聽了細節會讓我跟她大吵特吵，但是她肯坦承喜歡我的話——我想自己最後還是會高興得說出「我也喜歡妳」。

（可是——）

天使對我細語：

『不要緊喔。畢竟黑羽同學謊稱失憶時，仍然想跟你重修舊好不是嗎？表示那一切都是因為喜歡你才做出的行動！』

接著惡魔立刻出來對我細語：

『欸，你被甩了耶。俗話是這麼說的吧？男人戀愛是另存新檔，女人戀愛是用新檔覆蓋舊檔……就這麼回事嘍。她想重修舊好？是你遭到玩弄才對吧？假如又會錯意而跟她告白，你想會怎樣？下場便是再聽她說那句「不要」喔。』

唔……惡魔果然比較強。

萬一再聽到黑羽說「不要」——我不認為自己能振作起來。

我肯定已經不了解黑羽了，也可以說我已經信不過她。

說起來並非侷限於我，黑羽也不肯相信我。

只要黑羽肯實話實說，就算我們會吵架，最後我還是打算包容她的一切——她卻不肯說。何止如此，她還想用失憶來唬人，這表示她不全然信任我。

這樣是不行的。即使我們情投意合，信不過彼此的話，關係肯定很快就會告吹。

（不過——我——）

坦白講，我想原諒黑羽。畢竟我不希望彼此吵架，再說我也給她添過許多困擾，因此我大有意願原諒她。

然而——

——前提是小黑肯主動道歉。

對，一切都是假設在黑羽主動道歉的情況。

這次我並沒有錯，所以我不打算主動道歉。沒做錯事卻要我道歉，我做不到。

可是……可是呢……

「啊啊啊啊啊啊啊啊啊——！」

心情好鬱結。

「笨小黑……」

我抓了腳邊的靠枕扔向牆壁。

＊

黑羽默默地吃著晚餐。

周圍的姊妹們一面窺伺黑羽的模樣一面用眼神交談。因為黑羽散發的氣場太猛，讓現場瀰漫著似乎連出聲講話都會令人遲疑的氛圍。

擺在志田家飯廳的長方形大桌，平常是由雙親＋四姊妹，共六個人使用。

以座位分配而言，上座依序是父親、母親、黑羽，坐在他們對面的則是碧、蒼依、朱音。末晴被邀來吃飯時，一向是坐在生日壽星席。

然而目前就四個人，上座這邊只有黑羽。由於從她那裡流露出的氣息太恐怖，坐在對面的三個妹妹便淪落到肩膀發抖，還要盡可能聚在一起跟姊姊保持距離的慘狀。

父親道鐘是大學教授，研究忙碌時連晚餐都不會回來吃。

母親銀子是護理師，今天是所謂的小夜班，值勤時段從下午四點至晚上十二點。因此她準備好晚餐後，在四姊妹回家前就出門上班了。

結果姊妹們在父母缺席的情況下吃的晚餐就成了徒有電視聲音迴盪，與天倫之樂相距甚遙的一頓飯。

「——我吃飽了。」

黑羽霍地起身，收拾了餐具，然後走向廚房。

下個瞬間，妹妹們就把臉湊到一塊並講起悄悄話。

「黑羽姊這樣會不會太扯啊？反正八成又跟末晴有關就是了……」

「碧姊姊，妳的音量要再放低一點比較好喔……」

「黑姊的眉毛角度比平常生氣時高兩度。這一次，我認為非同小可。」

「真的假的……替我們這些幫忙擦屁股的人想一下啦……」

「黑羽姊姊最近心情都不錯的耶……會變成這樣，我看是假裝失憶的事在末晴哥面前露餡了吧……？」

「我也認為大有可能是那樣。」

「連我們都嚇了一跳嘛～畢竟黑羽姊突然就在吃晚餐的時候宣布：『要繼續跟大家吃相同菜色的話，我快撐不住了。』」

「反過來想，雖然說是為了避免在晴哥面前露餡，她能吃口味難以忍受的食物長達一星期以上，簡直是驚天動地。」

「聽說因為末晴哥親自餵，黑羽姊姊連章魚熱狗都吃下去了喔。」

「怎麼可能！之前我開玩笑想餵黑羽姊吃那個，就被她用擒拿術制伏了耶！混帳，她這是偏心啦！偏心！」

「從我們的立場來想，那種苦行相當於持續吃了一週淋滿蜂蜜的飯菜。考量到這點，黑姊果真厲害。」

「朱音，妳驚訝的部分好像不太對耶……」

「——拿去，這是妳們要吃的對吧？」

黑羽將盛著蘋果的盤子遞過來。她洗完自己的餐具以後，都在幫妹妹們削皮。

「……欸，裡面沒下毒吧？」

黑羽怒目一瞪。

「碧……妳不想吃的話倒也沒關係喔。」

「開、開玩笑的啦！我吃！我會吃！」

「哦～～」

黑羽端著自己那盤淋過辣油的蘋果朝走廊而去。看來她要在自己的房間吃。

「……呼～～」

碧擦掉冷汗。正因為她是妹妹，才對觸怒姊姊之恐怖有通盤了解。

「——碧。」

「！——」

應該去了走廊的黑羽將上半身倒退回來，從門口探出臉，恐怖的程度讓碧吃飯不禁噎到了。

「咳！咳咳！怎、怎樣啦，黑羽姊！妳別嚇人啦！有什麼事嗎！」

「說到擦屁股——」

帶有凶光的陰沉視線朝著碧射過來。

「平時可都是我在幫妳們喔……我有說錯嗎？」

「剛、剛、剛才那些話，妳都聽見了嘛！」

黑羽用眼神示意：妳有意見？因此碧只能發抖。

「不、不然妳想怎樣啦，黑羽姊！」

逞強的碧嘴硬歸嘴硬，還是認命地擺好架勢準備挨罵——

「——不怎麼樣。」

黑羽只交代這句話就回到自己的房間了。

「…………」

「…………」

「…………」

被留下來的妹妹們又開始對狀況有異的姊姊竊竊私語。

＊

黑羽回到房間後便靜靜地關門，並且上了鎖。接著她將盛著蘋果的盤子擺到桌上，再隨手拿起擱在床上的靠墊……用力往地板砸。

「笨小晴！為什麼都不肯體諒我！」

黑羽用叉子戳起蘋果，一口氣就往嘴裡塞，還粗魯地大聲嚼了起來。

之前她明明強調得那麼明顯！明明示好過那麼多次！

謊稱失憶的理由不就只有一個嗎？

過去他們互相甩了對方。無論再怎麼粉飾，這件事都會留下疙瘩。

既然如此，把事情抹消掉是最好的。

只要把失憶當手段，姑且就可以裝成沒有發生過。那麼一來，他們之間應該就沒有阻礙，僅剩彼此喜歡的心意。

所以黑羽才謊稱失憶，而且實際上也很順利，他們回到了可以一邊談笑一邊踏上歸途的兩人世界。

從結果來看，謊稱失憶果然是對的。假如沒有說這個謊，他們就要花更多時間才能一起談笑著回家，再不然就是始終保持疏遠。某條喪家犬或者凶兔肯定會乘隙而入，因此黑羽並不後悔用上這招。

進展到現在……原本只差一步才對。

可是，黑羽失誤了。

「我還以為小晴會包容我……」

其實為了謊稱失憶，她一直相當勉強自己。

想讓前因後果說得通很勉強，不過更煎熬的是為了讓失憶這件事有說服力，黑羽在進食方面就受到了限制。

身體不適、精神衰弱及缺乏注意力——各方面都已經出現害處，所以黑羽實在撐不住，就向家人吐實了。而且家人雖然傻眼，還是願意包容她。

看到家人反應如此，她忍不住心想：末晴八成也會包容吧。

只能稱之為自信過度的輕率判斷。

黑羽深信對方一定能體諒自己謊稱失憶的理由，她期待對方會笑著原諒自己。

當然，她是有所內疚的。無論理由為何，說謊到底不是一件好事。

但黑羽沉溺於美好的期待，判斷力便失準了。

「……不對，難道說——」

黑羽撥弄了耳邊的麻花辮。

她原本認為末晴是因為缺乏理解力才不明白她說謊的理由。

不過，事情就怕萬一——比方說，末晴又開始對白草動心，才故意裝成什麼都不懂——

「……唔！這樣不行！」

唯有這一點絕不能容忍。不可以有這種事。

末晴在私生活不擅說謊，所以黑羽並不覺得他有「假裝不懂」的能耐……然而人都會成長。本來末晴上台表演就那麼蠱惑人心，只要掌握訣竅，他在日常生活應該也會懂得運用謊言，連半點撒謊的跡象都不留。

「唔唔……怎、怎怎、怎麼辦……？」

可是可是可是！

「我無法原諒小晴講出『妳看我上當以後都在取笑我』這樣的台詞……」

太令人寒心了。明明他們一直都有溝通，對彼此的性格理應瞭若指掌……為什麼非得被末晴講成那樣呢？

你都在看些什麼？聽些什麼？黑羽不能不逼問對方。

憤怒與哀傷；焦躁與愛戀。

這些情緒在腦子裡滾沸，攪和到最後，黑羽得出了一項結論。

「或許我需要幫手……」

此刻，要是他們接近彼此，恐怕火氣又會上來。下次面對面講話時，是否能夠克制內心的衝動……連黑羽本身都不太有自信。

既然如此——必須找個和事佬。

有人從中調停就能讓他們保持冷靜。得透過第三者幫忙轉達心意或觀察對方的狀況，逐步修復失和的關係。在和好前這段期間應該還要「用某種手段預先牽制」，以免末晴被搶走。

「和事佬嗎……」

黑羽心目中的條件有——

・要跟末晴及黑羽兩個人關係親近。

・要能守密。

・要屬於能讓人靜下心的類型。

以上三個條件。

黑羽先是回想班上朋友的臉孔，接著逐一刪去。

於是——

「呃……黑羽姊姊……妳沒事吧？」

關心的聲音伴隨敲門聲傳來。

黑羽微微地發出「啊」的一聲後，就把適任人選叫進房裡。

*

白草並不情願。她真的不情願。

然而要實行這次的策略……只能拉攏他加入。

「甲斐同學，我有個主意想跟你談談。」

『哦～～這可稀奇了。』

演藝同好會亦即群青同盟的五名成員——末晴、哲彥、黑羽、白草、真理愛用通訊軟體HOTLINE創了群組，彼此都可以互傳訊息。

話雖如此，白草本來並沒有打算跟末晴以外的人互動，不過迫於需求，她就在自己房裡用HOTLINE撥了電話。

『那麼～～該怎麼辦呢？』

因為是講電話，當然看不見對方的臉。

然而，白草篤定在這個瞬間，哲彥正賊賊地笑著。

「我問你，之前你曾經跟志田同學聯手對吧？意思是合作關係延續到現在，你才不肯聽我的主意？」

『不，我跟志田的同盟在廣告比賽結束後就解散了。』

「那麼，表示你現在並沒有替志田同學撐腰對吧？我能不能把你視為中立呢？」

『我可不是中立喔。』

哲彥在電話另一頭嗤之以鼻。

『我會支持有趣的那一方。哎，從這個角度而言，我覺得只偏袒其中一邊就沒意思了，因此要積極聽取妳的主意也是可以啊。』

沒錯，這男的就是這種人。

一切都以自我為中心，凡事只要自己開心就好，身邊的人是用來取悅自己的棋子。他便是這種可怕的人。

白草最討厭的類型是態度高壓的霸凌者。然而像這種葫蘆裡不知道賣什麼藥的人，與其說討厭度排第二，不如說她就是拿對方沒轍。

假如甲斐哲彥跟小末並非朋友，她根本不會找這一型的人交談。話說，小末為什麼要跟這種人交朋友呢？

「關於這一點，我敢向你保證，事情會很有意思。」

費解。雖然令人費解……目前卻需要他的助力。

『哦……』

難以判讀情緒的嘀咕。光是應一聲就散發出不好招惹的氣息，負面意義上的異於常人。

然而由不得白草選手段了，畢竟她已經知曉現狀有多危險。

『咦？你剛才說什麼，充學長？』

『白草，這次發生的事情，讓妳被情敵扳回一城了喔。』

對白草來說，阿部相當於年長一歲的親戚大哥。因為他讀同一所學校又對內情相當了解，白草想發牢騷時便會忍不住跟他聯絡。

只是他們的對話不盡然是單方面的，阿部本身也對末晴大感興趣，便願意傾聽關於群青同盟成員的事，不時也會聯絡白草。

儘管雙方常互相連繫，彼此卻毫無男女之情，使得他們的關係儼然就像親戚。

『消息來源要保密就是了，其實我有耳聞這樣的風聲——』

白草這才得知自己本來在情場上占盡優勢，不知不覺中卻已經被扳成平分秋色的現實。

於是她領悟了。領悟志田黑羽這個虎視眈眈地磨爪，還深謀遠慮地實現當下局面的女人有多可怕。

『的、的確……充學長說得對，我的夢想是實現了……在情場上卻倒退了……』

白草感到愕然。現在並非慶幸夢想實現的時候。

（那個女的……總不會人如其名，長著黑色的羽翼吧……）

白草認真地冒出這樣的念頭。

先以製作末晴主演的廣告當誘餌吸引注意，再暗地跟他重修舊好，簡直是魔鬼才有的心思。

白草甚至能感受到對方在不言中表示：「既然妳已經實現夢想，就把情場上的位子讓出來吧。」

這樣下去末晴會被搶走，無庸置疑。

光等待是不行的，必須主動求勝……要贏得寶貴的初戀。

（為此……我需要甲斐同學的協助。）

基本上，問題在於他是否能信任。

群青同盟固然幫白草實現了夢想，她在情場上卻倒退了。而群青同盟是甲斐哲彥提的主意，總結來講，是甲斐哲彥這個男的助人一圓夢想，同時也可說是讓現狀淪落至此的元凶。

因此白草沒辦法信任他，更無意信任他。

只是剔除末晴跟那些情敵，唯一對群青同盟整體有影響力的人——就是甲斐哲彥了，所以白草並不能忽視他的存在。

（照充學長所說，甲斐同學是中立的——）

稱作中立比較順耳，換個觀點來看便是亦敵亦友。

實際上他在之前肯定就當過白草的敵人。

（不過——）

為了對抗長有黑色羽翼的魔鬼，就算這個中立的惡魔居心叵測，白草也要利用他的力量。

「其實我爹地在沖繩有一塊私人海灘——」

十月三日星期二，舉辦廣告比賽慶功宴當天。

事態還來不及穩定就準備有新的變動了。

第一章 旅程始於行前的準備

＊

位於體育館內側的第三會議室是保有四名以上社員，進而正式被認同為社團的演藝同好會亦即「群青同盟」的根據地。

目前，社辦裡瀰漫著一股緊張感。

當中的成員總共有六名。

群青同盟的急先鋒，職稱「老實得可憐」的我，丸末晴。

群青同盟的首腦，職稱「出事都怪他」的甲斐哲彥。

群青同盟的第二把交椅，職稱「幕後黑手」的志田黑羽。

群青同盟的智囊，職稱「廢到笑」的可知白草。

群青同盟的黃金新人，職稱「攬客貓熊」的桃坂真理愛。

還有一個人是玲菜，只有她被當成準班底而非正式班底，目前還一手拿著攝影機掌鏡，因此並無職稱。

此外，這些職稱是由五名正式成員彼此出主意，經不記名投票以多數表決定案的。

而現在，擔任司儀的哲彥站在白板前，目光望向坐著的四個人。

「首先要謝謝真理愛正式加入『群青同盟』。聽說妳是下週會轉學過來？」

「是的，人家目前正在做準備與辦手續。不過實質上人家自認從今天開始就正式加入『群青同盟』了，請多指教。」

「好，鼓掌！」

大家聽哲彥的口令鼓掌。

黑羽和白草的掌聲相當敷衍——我看就別吐槽她們了。

「所以嘍，在這裡的五名成員就是正式班底，不過我想先對組織和內部制度重新做說明。接下來的內容預計會拍成解說影片，再提供給初次收看群青頻道的觀眾，所以你們覺得有什麼地方解釋得不夠清楚就主動吐槽吧。」

哲彥確認大家點頭以後才繼續開口：

「群青同盟有『正式班底』和『準班底』兩種成員，『正式班底』具備以下的權利及義務。權利分成『企劃的提議權』、『對企劃的投票權』、『企劃的駁回權』三項；義務為『參與企劃的活動』。萬一怎樣都沒辦法參加，一開始就要跟大家明說，並且不予投票。條件便是如此。」

哲彥一面說明一面將剛才講的內容寫到白板上。

「你的意思是只有『正式班底』才能提出企劃，並且對企劃投票或予以駁回嘍？」

應該是顧慮到影片吧，白草做了確認。

「是啊，相對地『正式班底』在企劃敲定之際有參與的義務……就這麼回事。這是社團活動嘛，所以參與大家決定的企劃也合情合理吧？」

「也對啦。」

我開口答腔，心裡卻有些不安。

因為「哲彥會搞出什麼樣的企劃」……這可是未知數。

哲彥繼續說下去：

「有人提企劃以後，就會進行不記名投票，採多數表決制。不過動用駁回權的話，便無關於表決的結果，該企劃將成為廢案。這是顧慮到有任何一個人堅決不想參與企劃才安排的措施。順帶一提，只有在行使駁回權時必須記名。」

「哎，既然參加是義務，就需要駁回權啊。」

「對呀，人家也贊成。」

白草和真理愛表示贊同。

駁回權嗎……我不太能具體想像要在什麼樣的時候使用。

哲彥恐怕是設想過各種狀況才安排的吧，因此我覺得當中意義深遠，不過一時間也想不出什麼異議，我便故作明瞭地連連點頭。

「之前說明時只有講到這裡，但是我把內容定得更詳細一點了，麻煩你們聽一聽。補充的細則是相同企劃或內容類似的企劃每個月只能提一次。這跟駁回權是成套的，我打算規定駁回權每個月也只能用一次。」

「哲彥同學說的意思，就是禁止強推企劃吧？」

黑羽的問題讓哲彥露出一口白牙。

「標準答案。」

「喂，哲彥，能不能提出具體一點的例子？我摸不著頭緒。」

「那麼，由人家代為舉個例好了。」

真理愛挺身向前，嫣然笑了笑。

惹人疼愛的氣場及輕柔秀髮依舊不變，尚未穿習慣的穗積野高中制服在她身上有種青澀感，儼然是個從旁經過就會讓人忍不住回頭的美少女。

真理愛彷彿在宣示這裡有個精明的妹妹，朝我們朗聲說道：

「簡單來說是這樣的：假設白草學姊寫了末晴哥哥和哲彥學長的ＢＬ腳本，還執意要拍成一齣戲，如果沒有加上這項限制，三個女生又都感興趣，就可以強行讓企劃通過喔。」

「欸，小桃！妳的妄想未免太恐怖了吧！」

「等一下，桃坂學妹，別把我扯進妳的喜好行嗎？令人寒心耶。」

白草用銳利的眼神威嚇。感覺那是普通高中男生看了都不得不跪的冷酷目光。

要說真理愛可愛的話，白草便是美麗。絹絲般的黑髮帶有光澤，凜然儀態更是美得有時連適應得差不多的我都會緊張。

只是那樣的美對真理愛完全不管用。

「……真的？」

真理愛若有深意地嘀咕，並且瞟向我和哲彥。

白草循著她的視線，來回看了看我和哲彥……眼裡便出現一絲搖曳的火光。

「並非無法接受，我要聲明的就是這樣。」

「對嘛。」

感到恐懼的我發飆了。

「對個頭啦！喂，小桃！先跟妳說清楚，假如有人提出那種企劃，我鐵定會用駁回權！」

「這終究是假設啊，末晴哥哥。」

「少騙人！妳的眼神看起來不像在假設！」

真理愛微微偏過頭，露出一如往常讓人陶醉的嬌憐笑容。

「不不不，就算這樣我也不會被妳的笑容騙啦！」

「好了好了，話題都卡住了！肅靜！」

黑羽拍手打斷話題。因為她說的有道理，我們只好安靜下來。

哲彥在這段期間則用麥克筆將「準班底」的相關說明寫到白板上。

「然後，正式班底是在場的五個人，不過我還準備了有別於此的『準班底』概念。這是指單一企劃的參加者，定位上屬於試用的班底。他們無權提出企劃，也無權投票，因此也不具駁回權。換句話說，這些人不會參與企劃階段，要等企劃敲定以後才會問他們：『這次要參加嗎？』有意願的話便成為該次企劃的限定成員。目前的『準班底』只有玲菜而已。」

玲菜正在掌鏡，就默默地朝我們揮了手。

只有這麼點振動，她的胸部卻在晃。精彩。

不愧是穗積野高中引以為豪的最終兵器。這種珍貴的人才，當準班底真可惜……

「——啊！」

我感受到周圍的冷漠視線才回過神來。

……被大家發現我都在看那邊了嗎？

「我沒在看啊。」

「末晴哥哥，你不必現在招認的喔。」

「…………」

「…………」

大家（尤其是黑羽和白草）的視線扎得我好痛。

我絕望了。

「聽我說！這是**身為男人的本能**！好色沒有錯！」

「……大大，我之前也說過喲，性騷擾是犯罪耶。」

我頓時喉嚨哽住了——然後向玲菜賠罪。

「對、對不起……」

「沒錯沒錯，從一開始就這樣乖乖道歉的話比較討好喲。軟腳蝦就是這樣。」

「妳最後那句話是多餘的吧！當學妹的要尊重學長啦！」

始終用溫馨的目光看我們互動的真理愛聳了聳肩。

「我倒覺得玲菜同學可以當『正式班底』，不過包辦萬事的她還有其他工作嘛。」

哲彥也一副無奈的樣子接著說下去：

「就是這麼回事。順帶一提，是否接納自願參加者，還有要不要准許對方成為正式班底，都跟企劃一樣是由全體『正式班底』投票決定，當然也可以用駁回權。不過針對自願參加者的駁回權跟企劃要分開來看待，我認為不限使用次數比較好。」

真理愛點了頭。

「原來如此，比如人家有一個無論如何都想拉進來的人選，哲彥學長卻無論如何都不想讓對方加入——這種情況下，人家只要抓準哲彥學長不能用駁回權的時機，就可以拗大家進行接納新成員的投票。這樣會讓人無法信服，所以哲彥學長才希望事先防堵，是不是這樣呢？」

「沒錯。」

啊～～原來如此。招納新血的投票跟企劃活動不一樣，隨時有可能發生，或許投票的機會也多了不少。這樣的話，一個月只能用一次駁回權的限制太嚴格，被人抓準無法用駁回權的空檔闖關可就不好受了。

「可是呢，哲彥，好不容易有人想加入，你搞這種精挑細選的花樣沒問題嗎？好歹也算社團活動的一環吧？總覺得我們又沒有那麼高高在上，這樣不會讓人反感嗎？」

老實說，目前我想不到有誰會讓我討厭到動用駁回權，況且光是因為看不太順眼就讓人吃閉門羹……我覺得太過武斷。即使第一印象欠佳，後來仍關係良好的案例應該要多少都有。

「小晴說的確實也有道理呢……」

「即使小末有道理，坦白講我覺得有駁回權會比較好喔。」

從這部分就稍微顯露出性格了耶。

黑羽具社交性，屬於對任何人都親切的類型；白草性格則算是排外，屬於一排斥就堅決不跟對方往來的類型。因此白草會比較積極採納駁回權的制度吧。

「哲彥學長……目前表示想加入群青同盟的人大約有多少呢？」

真理愛提出了問題，哲彥便彈響指頭。

「我安排駁回權制度的理由正是基於這一點。喂，末晴，你覺得想加入群青同盟的人以哪種分子居多？」

「……這個嘛，希望接近小桃的傢伙應該多到不行吧。」

我刻意拿真理愛舉例。畢竟以社會知名度而言，她排在一等一。

咦……可是，單以校內而言，衝著黑羽或白草來參加的人其實也不會輸給真理愛吧……？

「嗯……？難道說……」

黑羽和白草都漂亮得跟當藝人的真理愛站在一起也絲毫不遜色……而且廣告比賽更提升了她們在一般人之間的知名度，在社會大眾的人氣自然日趨暴增……既然有機會跟這樣的女生親近，即使有一大票人不惜辭掉現在的社團來加入，也沒什麼好奇怪……

「哲彥……想加入群青同盟的人……以男的居多嗎？」

「男的占八成。」

「原來如此，駁回權有必要存在！不愧是哲彥，安排得好！」

哎～～所幸哲彥腦袋靈光！

群青同盟的女生對我來說，全是關係親近又讓我重視的人。

所以我實在沒辦法允許來路不明的傢伙隨便找她們搭訕！假如是值得信任的男人倒還無妨，有誰抱著歪念頭來接近她們的話可就令人反胃了！

換句話說，對啦，我這可不是獨占欲之類的喔，我是在替她們的人身安全還有幸福著想喔。

……抱歉我根本不願意想像她們被從旁冒出來的型男搶走會是什麼情形所以說拜託行行好高抬貴手吧這才是肺腑之言。

「…………」

「…………」

嗯？黑羽和白草好像看了我這邊……

一瞬間，我以為剛才特別言及「希望接近小桃的傢伙多到不行」，使得跟真理愛關係不好的她們倆壞了心情，氣氛卻跟我想的不太一樣。該怎麼說呢，她們那樣像在觀望，也像在擔憂，或者也像是傻了眼。總而言之，我不太能捉摸她們真正的心思。

「『有兩成是女生呢』。」

真理愛所說的話讓黑羽和白草的肩膀微微發顫。

我「啪」的一聲拍了手。

「啊～～我懂了。看上哲彥的女生有可能從別校跑來吧。」

雖然說哲彥遭到全校女生唾棄，單看長相還是不賴。單看長相啦。

因此別校會有看上哲彥的女生表示想加入群青同盟，我是可以理解。畢竟這傢伙在廣告和音樂宣傳片都有登場，知名度提升了一大截。

「喂，哲彥，連別校學生也要接納嗎？」

「考慮到移動時間應該很費事，目前我是覺得當成準班底就可以接受。」

也對，讀別校還要盡到參加企劃的義務好像有點吃力。

「呃，事情並不是那樣的……」

真理愛正準備跟我說話，就被白草搭肩制止了。

「桃坂學妹，妳有必要告訴他嗎？」

「當然不是非說不可，但他遲早會曉得啊……」

「那麼，不說是不是也無妨呢？」

「唉，我明白了。當作來自學姊的忠告，我不作聲。」

白草用食指和中指比出剪刀手勢，向玲菜強調「這一段剪掉」，以免留在影片裡。

「不不不不不，我搞不懂妳們在講什麼耶！」

我用眼神催促真理愛把話說完，她就露出了嫣然微笑。

「哲彥學長，請繼續。」

「妳還是一樣不聽人講話！」

像真理愛和哲彥這樣，都是逼問也不會鬆口的。感覺就像被隱瞞了什麼，讓我心裡怪不舒服……既然她們說遲早會曉得，我看就不要太放在心上好了。

「重啟議題吧——來舉行第一次企劃會議！」

哲彥的嗓音勁道十足，替現場找回緊張感。

今天聚會本來就是以這件事為主。

「值得記念的頭號企劃提議者——就是我。」

哲彥用拇指比了自己，接著就把一張列印的資料發給所有人。

「呃～～我第一天公開廣告就在群青同盟的官方推特募集企劃了。然後呢，這是希望群青同盟從事的企劃投票結果統計圖。如你們所見，第一名是——」

哲彥俐落地在白板上運筆，再伸掌用力一拍收尾。

「——由正式班底的三名女成員拍攝宣傳影片！順帶一提，會有穿泳裝的片段。」

哦……

原來如此原來如此……

意思是這次要用女成員當主打嗎……

同盟班底全是生得標緻的美女。廣大網友們果真內行……

「哲彥……話說現在已經十月了耶，你卻提到要穿泳裝？」

要問重點在哪裡，這大概就是最重要的一點。

「其實我在沖繩有人脈，到沖繩的話就還能游泳，不要緊。」

「費用問題呢？」

「我們有之前廣告比賽的收益。既然贏了，豁出去投資下一項企劃也無妨吧。所以我是打算所有人的旅費、住宿費、餐費都由群青同盟出錢。」

「指定要三名女成員，表示樂曲會走偶像風格嘍？」

「我當然是這麼打算的。這次沒有人委託我們工作，企劃目的在於提高群青同盟的認知度。說穿了，即使歌藝爛，舞藝也爛，只要能獲得注目就沒有話說。為此我已經把樂曲和舞步都準備好了。」

「哲彥——」

我悄悄地伸出手。

「我從以前就覺得你是個天才。」

哲彥露出賊笑，並且回握我的手。

「我自己倒是從一開始就明白。」

「哼，真敢講。」

「你們兩個男人在興奮個什麼勁啦～～～！」

用大嗓門將我倆的友情蓋過去的人──是黑羽。

「我說啊，你們倆到底懂不懂自己在講什麼！居然要我們穿泳裝入鏡！」

「那又怎麼了嗎，志田？」

「不合常理啦！太難為情了！你們倆都在這裡給我跪好！」

啊～～黑羽完全進入說教模式了……

……哎，也對。正常來講是會有這樣的反應。

哲彥被黑羽咄咄相逼，卻絲毫沒有動搖地向她斷言：

「志田，妳的身材並沒有什麼羞於見人的吧？」

「在這個局面還能一面誇獎一面挑釁，你的渣男本色碰到這種時候真夠可靠。」

我不禁看向黑羽那尺寸合宜的胸脯，她就急忙用雙手遮住。

接著她紅著臉──朝我們倆大發雷霆。

「問題不在那裡～～～！叫女生把肌膚露給社會大眾看，是違反常理的！」

「寫真偶像都這樣啊。」

「我們又不是寫真偶像！或許小桃學妹另當別論啦，我可是普通的高中生耶！光是公開影片就覺得抗拒了，要穿泳裝真的免談！」

唔，黑羽這麼說實在有理有據。

但是——絕對輸不得的一場論戰就在這裡。

我們不能退讓……！現在不管怎樣……！都非得說服對方……！

如此心想的我開了口：

「小黑……麻煩妳諒解。泳裝是男人心中的浪漫。」

「啥？要我諒解？」

話一說完，我就覺得事情糟糕了。

叫黑羽諒解的說詞用在當下未免太不中聽。

「小晴……剛才，你是叫我諒解對不對……？之前我口口聲聲求你體諒我，你卻駁斥『不說清楚是要怎麼體諒』，現在卻對我講這種話！」

「啊～～不是啦，我沒有那個意思……」

慘了。明明經過一天已經暫時平靜下來——她的怒火又復燃了。

「你沒有那個意思？不然你叫我諒解是什麼意思！色小晴！你看我們穿泳裝，就會色瞇瞇地淫笑吧！」

「欸，等一下啦，我不會說自己都沒有邪念，可是也不至於那麼誇張……」

「光是看也就罷了，還要拍成影片流傳給社會大眾？意思是你有得看還不滿足嘍？變態！變態變態變態變態！」

「等等……啥？妳說我變態？」

我可以承認自己好色，也可以承認自己想看她們穿泳裝。

但這些都是身為健全高中男生多少會有的感情。

黑羽卻罵我變態……面對莫須有的誹謗，我就不得不反駁了！

「我為什麼非要被罵變態啊！」

「你不就變態嗎！」

「哼，有必要那麼惜肉如金嗎～～？」

我大刺刺地哼聲嘲諷。

對此黑羽的反應當然是——氣炸了。

「啥？什麼話嘛！小晴，剛才你是怎麼說的！」

「不不不，我什麼也沒說啊～～」

「什麼口氣嘛！欸，小晴！給我看著大姊姊的眼睛講話！」

我們倆吵得雞飛狗跳，其他成員則是冷眼旁觀。

「其實呢，與其說反對……人家也覺得穿泳裝太過火了……」

真理愛嘀咕以後，白草就接話了。

「桃坂學妹，妳有沒有表演過歌藝或舞蹈？」

「人家走的始終是女演員路線，因此只有在飾演角色的一環有樣學樣地表演過一次而已。不過唱歌跳舞都是基礎課程要學的，如果非得表演，我倒有自信能拿出一定水準。白草學姊，妳有唱歌跳舞的經驗嗎？」

「怎麼可能會有啊。」

「所以妳反對嘍？」

「是啊。」

「那似乎不用行使駁回權，也能以三張反對票否決呢。」

「……不。」

白草的眼睛一亮。

「抱歉，我對志田同學和妳都沒有那麼信任。無論口頭上怎麼說，或許到最後關頭妳們還是會倒向贊成那一方。倘若如此，小末和甲斐同學想必也會贊成，企劃就可能過關。所以──」

白草側眼看著我跟黑羽爭吵，並且向哲彥招了手。

「我要求修正企劃，把泳裝的部分去掉。不然，我就要用駁回權。」

「呃！」

哲彥大剌剌地皺了眉。

「錯在你從最初就拿出了這種讓人動用駁回權的企劃。你也希望起碼第一次提議能讓投票成立吧？那至少要吞下我這個條件。我也不想浪費自己的駁回權。」

「……嘖！拿妳們沒辦法。」

哲彥嘆氣後，把白板上寫到「有泳裝」的部分擦掉。

「剛開始就讓人動用駁回權實在不是好兆頭。所以嘍，我採納可知的意見，修正了一小部分。這樣妳不必搬出駁回權了吧？」

「可是我們依然會在宣傳影片中拋頭露面啊……！」

哲彥用誇張的動作安撫黑羽。

「好啦好啦，志田妳冷靜點。反正照情況來看也會被反對票否決吧？那妳總該滿意了嘛。還是說怎樣？比起投票，妳更想跟末晴繼續吵架嗎？」

「！……我明白了。那就來投票吧。」

因此我們開始投票。

哲彥發了紙，讓我們各自畫〇或×。由於是無記名投票，只需要填這樣就好。

我把紙摺起來，放進準備好的投票箱。於是哲彥將摺過的紙依序攤開，然後貼到白板上。

「接著開出的票，是×。這樣〇和×就二比二了。」

開了四票，目前局勢二比二。

我跟哲彥當然是畫〇，不過這次應該會被三張×否決吧。

當我這麼想的時候，哲彥開了最後一票。

「最後這張……是〇。所以說，這次的企劃過關。」

剎那間，現場籠罩了一股莫名的沉默。

「……咦？」

「……啥？」

「……真的？」

「……不會吧？」

任誰都要訝異的演變。可是——〇確實有三票。

「是誰啦！」

黑羽起身瞪向白草和真理愛。

不記名投票，其恐怖之處可以說清清楚楚地展現出來了。

三個女生當中有人投了〇，卻不知道是誰。

「那是我要說的台詞，志田同學。妳這樣大呼小叫，莫非就是想將自己偷偷贊成的事實蒙混過去？」

「啥！什麼話嘛！」

「誰教我只想得出這種可能性呢。」

「我為什麼非要被妳講成那樣！」

黑羽確實缺乏動機。

可是白草並沒有退讓。她伸指撥了撥黑色秀髮，還帶著受到一小部分白草粉絲絕讚的冷漠眼神回嘴：

「看嘛，妳剛才不是在跟小末吵架？稍微冷靜以後，妳想找機會跟他和好，到最後就決定討好同盟裡的男成員，說起來不是滿有可能嗎？」

「對耶……人家也覺得白草學姊講的話似乎有說服力……」

連真理愛都用懷疑的目光看過來，這大概出乎黑羽的意料。

黑羽變得舉止可疑。

「等、等一下，咦？妳們怎麼都……！不是的……我並沒有……！」

「好了好了，ＳＴＯＰ～～！」

哲彥從中打斷。

「不好意思，既然是投票通過的就不能再追究了。坦白講，我才不在乎女成員當中是什麼人投了贊成票。況且妳們把人揪出來，會失去不記名投票的美意吧。」

「唔……」

黑羽咬緊了牙關。

「好啦，關於沖繩之行……我們會在本週六去個三天兩夜。」

「太趕了啦！」

我實在不得不吐槽。

今天可是星期三，說三天後就出發，未免太倉促了。

「末晴，已經進入十月了耶。難得去一趟沖繩，你會想游泳吧？不過就算是沖繩，能下海游泳的期間也只剩一兩個星期，有必要趕緊啟程吧。」

「哎，話是這麼說沒錯。」

「而且去沖繩的話，只玩兩天一夜也不過癮啊。」

「這我有同感。」

「所以嘍，趁著本週末的體育之日三連假成行最妥當。哎，這次不是去工作，企劃本身是要讓觀眾看可愛的女孩子唱歌跳舞，屬於對粉絲的一種服務。因此不用花那麼多時間提高表演的精緻度啦。」

「或許是這樣沒錯……」

聽到要用影片公開歌藝及舞蹈，我身上想求盡善盡美的性子就發作了。

雖然說，這次沒我表演的份。

「慢著慢著，哲彥同學！定在那天的話，我不方便耶！」

「怎樣啦，志田，難道妳有規劃了嗎？」

「這次放三天連假，我爸爸要到國外參加學術研討會，我媽媽預計也會跟著去……如果我不在，家裡會只剩妹妹們啊。」

「即使說全是女的，有三個人作伴就沒問題吧？」

「有問題啦。她們都是國中生耶。」

哲彥作勢沉思了片刻。

不過他並沒有思考太久，立刻就拿出結論了。

「要不然，志田，妳把妹妹們也帶去啊。」

「咦！」

「坦白講，我們需要幫手。我、末晴還有玲菜應該都會當幕後人員，可是算一算要有人掌鏡，有人負責音控，還要有人煮飯，怎麼想人手都不夠啦。總之先把她們當成準班底，旅費我也會幫忙出啦。」

「喂喂喂，這樣好嗎，哲彥？」

「其實我也動過到當地徵工作人員的主意，不過這次求的是掌握及提升同盟成員的基本功，所以我打算盡量只靠自己人拚拚看。」

「哎，確實有道理……」

拍廣告和音樂宣傳片時，我們是當演員，而攝影和剪輯都委託給職業人士。以現狀來講，沒有人曉得只靠我們能製作出什麼水準的成品，往後若要將群青同盟經營下去，這可說是必經的過程吧。

原來如此，哲彥搞的企劃好像也不全然是在鬧著玩。

不過這樣一來，人手應該就如哲彥所說的太少。話雖如此，隨便募集肯定只會引來一群想追女生的男性。

把黑羽的妹妹們當妥協方案是不錯，畢竟我跟碧她們很熟，與其讓隨便募集的人手對同盟造成影響，這樣應該便利得多。

黑羽開口了。

「呃，我們家的二妹碧是應考生，週六有模擬考，三妹蒼依也有社團活動才對。我想朱音是有空啦，蒼依也可以跟社團請假……可是碧走不了啊。」

對喔，碧前陣子有提過模擬考近了。

「那就沒辦法嘍，志田妳跟妹妹們週日再過來會合。攝影將在週一進行，所以週六要請妳自己練習。」

「咦……」

黑羽一臉愕然。

「欸，等等，哲彥同學，你沒有要延期……？」

「要是企劃延後，近期內就沒有三連假了吧？天曉得十一月有沒有豔陽高照。」

「話、話是這麼說沒錯……不然我們也能換成近一點的地方啊，何必那麼勉強去沖繩……」

「妳不懂啦，志田，我定在這個時期是為了營造『夏日回憶』。」

哲彥口若懸河地反駁：

「東京已經入秋。可是呢，由於我們成立得晚，便沒有留下夏日回憶。這是高二的夏天——換句話說，就是沒有應考壓力的最後一個夏天，這次企劃則是挽回的最後機會。志田，妳都沒有未完成的心願嗎？」

「這……」

有一瞬間，黑羽似乎看了我，但這或許是心理作用吧。

「有是有啦……」

「那就敲定嘍。」

「唔……」

「哲彥學長。」

這次換真理愛舉手了。

「星期六日，人家姑且也有未完的工作要善後……」

對喔，真理愛相當倉促地退出經紀公司了。畢竟她說過在出事之際就會退出，工作方面應該從之前就有做整理，但還是難免有剩吧。

「還是妳要在最後一天來？」

「…………」

「……人家會設法處理，所以就從第一天開始參加。」

真理愛觀察了在場所有人的臉色——

她如此說道。

「喂喂喂，小桃，真的不要緊嗎？妳有沒有勉強自己？」

「我會靠毅力解決。」

「原來那是靠毅力就能解決的嗎……猛耶……」

真不曉得真理愛有多少能耐。後生可畏。

「真是的……雖然我希望多保留一些寬裕，不得已嘍……」

白草的行程似乎搭得上。

順帶一提，我在行程上也沒有問題。照這樣看來，哲彥和玲菜應該都不要緊吧。

「啊，甲斐同學，既然你說需要幫手，找芽衣子怎麼樣？」

「……啊？」

哲彥皺了眉頭……雖然只有一點點。

「我是說我的朋友，峰芽衣子，她是個非常賢慧的乖女生喔。需要幫手的話，沒有比她更合適的人選……對了，我認為即使找她當正式班底也可以呢。如果不行，也可以當準班底。各位，要不要來投票？」

哲彥垂下目光，並且發出嘆息。

「可知，我先問一句，妳確認過她本人的意願了嗎？」

「咦？」

「我們沒辦法讓無意願的人加入喔。假如妳向峰確認過，她也表示想加入，那我們就可以來投票。」

「因為她沒有參加社團，只要由我說一聲，想必就會答應加入……」

「總之妳先確認看看，打手機或傳簡訊都好。投票要等那以後再說。」

「……我明白了。」

白草當場打了手機。

雖然峰立刻就接聽了，只見白草的臉色逐漸蒙上陰影。

「……咦，不行嗎……？為什麼……？……啊，是這樣嗎……嗯……我明白了……真可惜……沒有，妳不用介意……那就明天見嘍……」

光聽外洩的聲音就知道結果。

白草闔上手機蓋，看似遺憾地說道：

「不行，她說連假已經做了許多規劃。」

「妳看吧。就算是推薦制，也實在不能忽視當事人的意願啦。」

黑羽倏地舉起手。

「那我妹妹又怎麼說？」

「這次是妳說不能把妹妹留在家裡的吧？所以她們只是獲得準班底的待遇，並沒有正式成為準班底。何況當事人排斥的話，當然就不用參加旅行。」

「了解。」

我使勁伸了懶腰。

「不過提到沖繩……！沒想到居然要去海邊耶……！原本我都已經死心了！」

母親去世以後，我本來就沒有什麼全家出遊的記憶，頂多去親戚家拜訪才會跟父親出遠門。

到中學為止還有跟志田家一起旅行過。然而我跟黑羽是考進升學取向的高中，由於忙著念書，從去年就沒有去了。

況且今年夏天，我和黑羽的關係變得糾結不清。因此提到暑假留下的回憶，就只有跟哲彥去過一趟小旅行，剩下都是在暑修和慵懶的日常生活中度過。

糟糕，想到這裡我就樂了。

萬里無雲的藍天！好似要令人燙傷的白色沙灘！翡翠綠的大海！

而且還能看黑羽、白草、真理愛這幾個可愛的女生穿泳裝……！尤其白草穿泳裝的模樣，更是在寫真雜誌上從未刊載的超珍貴畫面……！

「呵呵……呵呵呵……」

看來我得帶著老爸的單眼相機出門嘍……

「等一下，小晴。」

被黑羽叫到的我回過頭。

「怎樣啦，小黑？」

雖然我們剛才還在吵架，我並沒有拒絕跟她正常對話的意思。

不過語氣有點粗魯這一點，我在開口以後就立刻反省了。

「下週有期中考吧？是不是不太妙？」

「啊……」

聽到她提醒以前，我完全忘了。

「上次考試，你不是考得一蹋糊塗嗎？沒有在下次考試挽回就糟了吧？」

「呃，沒有啦，那是因為……」

上週的學力測驗，我拿到的分數奇慘無比。

提到上週，就是我們拍廣告比賽忙得焦頭爛額那陣子，有不可抗力的成分在。只是哲彥、黑羽、白草的成績本來就在五十名以內，儘管所有人多少都退步了，原本就不錯的課業表現並沒有受到太大影響。

可是我不一樣。我在四百名學生當中排三百名左右，而這次又下滑了五十名。

事情不妙。坦白講，事情非常不妙。

我不太擅長念書，既不專心又缺乏拚勁。即使如此，有危機意識的我每天仍然會用一兩個小時預習、溫習功課。然而因為讀升學取向學校，光這樣還是達不到均標。基本上，我能考進穗積野高中都是拜黑羽加緊惡補所賜。

所以只要稍微偷懶，成績立刻就會掉下去。我好怨自己笨成這樣。

「你都在玩可以嗎？我會跟伯父報告喔。」

「欸，小黑！用不著向我老爸告狀吧！」

「反正都會穿幫的嘛！旅行這件事，我媽媽怎麼可能不跟伯父提起！」

「說、說起來是這樣沒錯啦……」

黑羽講話太義正嚴詞，我無法反駁。

「——是的，很遺憾！這次的旅行，考不好的人要參加由姊姊指導的惡補宿營！你沒意見吧，哲彥同學？」

被黑羽狠狠一瞪，就連哲彥也面有難色。

「呃，妳搞那些的話，場地人員就不夠了……」

「如果小晴有科目要補修，會連參加社團活動的時間也沒有喔。」

「啊～～也對喔……我懂。我懂了啦，志田，只要妳願意配合攝影……我就可以接受妳開的條件。」

「……我明白了。就這樣沒問題。」

「哎，想也知道妳會明事理。」

哲彥先說了這麼一句才交代黑羽：

「希望盡量不要占用到妳們三個的練習時間，麻煩妳來沖繩時就要把歌曲和舞步先練到一定水準，可不要出現負責教功課的人自己表演得最爛這種狀況。」

「……我知道了。你講的條件，我可以接受，我會在週日會合之前先練好。」

「ＯＫ。事情說定嘍。」

「說到考不好的人，就只有我啊。表示我要一個人參加惡補宿營？」

「小晴，你放心。無論模擬考結果怎樣，我都會強迫碧來參加惡補宿營。」

「畢竟她是應考生嘛……」

「雖然說，還有一個人讓我覺得可疑……」

黑羽的目光——是朝著真理愛。

「小桃學妹，妳轉來這所學校的時候有沒有參加轉學考？」

「沒有喔，人家是靠錢與權力擠進來的，有問題嗎？」

「小桃，妳別靠那張臉明目張膽地運用錢與權力行不行？聽了真的會打從心裡擔憂這個社會到底有多骯髒耶！」

從可愛的妹系女生口中講出「錢與權力」這種詞，簡直不協調到嚇人的地步！

「順帶一提，小桃妳在前一所高中的成績怎樣？」

「人家只有最低限度的出席天數和成績，因此不方便當眾奉告。」

「我想也是～」

畢竟真理愛人氣當紅，是紅到因為要上學得推掉工作的女演員，我想她根本沒空念書吧。

「小桃，我覺得妳腦袋肯定不錯就是了，用在學業的時間會不會太少了啊？」

「人家有自信能趕上進度，拿手的科目卻不均。」

「怎樣不均？」

我感到好奇就試著問她。

「比如人家得到明治時代的角色，就會進修那個時代的相關知識，還有我也細讀過源氏物語。以科目來說，國文和社會的成績並不算太差。」

「那數理方面呢？」

真理愛目光一挪，然後微微地偏頭笑了笑。

「欸，就說了，妳用笑容也唬不了我啦！」

「末晴哥哥的成績又怎麼樣？」

「我反而擅長數理科目，分數在平均以上。」

「那其他科呢？」

我模仿真理愛，試著擺出可愛的微笑。

於是哲彥就從旁邊揍了我肚子一拳。

「很痛耶，哲彥！你搞什麼啦！」

「沒事，因為我有股無名火。」

「你是在火大什麼！」

「假如有女生笑得燦爛，你的感覺是？」

「可愛啊。」

「有男生笑得燦爛呢？」

「噁心啊。」

「就這麼回事。」

糟糕，我被他說服了。

真理愛默默舉起手，哲彥便催她發言。

「哲彥學長，你說在沖繩有人脈，請問期程上有地方住宿嗎？人家倒也多少有人脈喔。」

「這沒問題。據說可知的老爸在沖繩有別墅和私人海灘，他會免費借我們用。」

「…………咦？」

黑羽睜大眼睛，就像快壞掉的馬口鐵玩具似的轉頭看了白草。

「哎呀～～說來真是令人感激。我們明明是高中生，卻可以到私人海灘享受，會不會太扯了啊？」

「真的嗎，哲彥！猛耶！總一郎先生果然有氣度！」

「我今年已經去過了，那是一個很棒的地方，希望小末務必也要看看。」

當我們興高采烈時，黑羽就冷冰冰地說：

「可知同學……原來是這樣啊……」

白草揚起嘴角笑了笑回應：

「妳在說什麼呢？我只是因為能讓小末一睹自己鍾愛的場所，才覺得慶幸啊。」

「……唔！難道妳連我家人的行程都查清楚了……！」

白草聳聳肩，還故意似的搖頭。

「真是的，希望妳別血口噴人喔。我為什麼非要去調查妳家人的行程呢？」

「這就表示你們先把泳裝的條件加進去，再裝模作樣地撤掉，都是為了強行讓企劃過關……！呵呵，是嗎……原來是這樣……！妳跟哲彥同學聯手了，對不對……！」

「能不能請妳別胡亂臆測？我跟甲斐同學聯手？我們倆關係之差是有目共睹的喔，怎麼可能會有那種事嘛。」

「……原來如此，有一手。妳這招挺漂亮的，白草學姊。」

真理愛嘀咕了幾句，我卻因為聲音太小聽不清楚。

「唔……唔唔唔唔唔！」

黑羽一敗塗地似的趴到桌上。

……嗯～～發生這種狀況時，說起來我大多都贊同黑羽的意見，但這次感覺是黑羽冒失過頭了。

「小黑，讓腦袋冷靜一下啦。妳未免太處處針對小白了。」

黑羽火冒三丈地回過頭，我就盡可能冷靜地告訴她：

「哲彥處理群青同盟的帳務之類會跟總一郎先生聯絡，藉機聊到私人海灘也沒什麼好奇怪吧？何況基本上要調查妳家人的行程有可能嗎？那需要僱偵探才辦得到吧？小白會做得那麼絕？說哲彥跟小白聯手也有點不實際吧。即使想強迫他們聯手，難道雙方不會覺得排斥而拆夥嗎？」

「等一下……小晴……啥！」

黑羽彷彿心寒至極地臉都皺起來了，還怒目瞪向我。

「說那什麼話！你不肯相信我嗎！」

「……問題並非信不信妳，而是哪一方的說詞較有可信度，對吧？」

「然後呢！照你的意思，是要相信那條喪家犬嗎！」

「……總之妳別用喪家犬來稱呼她啦，小黑。」

「欸……你只對我一個人說這些？」

雖然我知道她們互相用不好聽的稱呼，所以兩邊各有過失，可是現在黑羽當面叫對方喪家犬，我規勸她是合情合理吧。

「我對妳說這些有錯嗎？」

「有！你是在氣我才講這種話的吧！是不是這樣！」

扯到現在還被翻舊帳，我的怒氣也瞬間點沸了。

「是又怎麼樣！我先說清楚，這次是妳主動要吵的！」

「說我主動？錯了吧！是你要跟我吵架的耶！」

「為什麼會變成那樣！我又不想跟妳吵！」

「不然你為什麼不相信我說的話！」

「誰教這次的事用邏輯來想——」

「不要講什麼邏不邏輯，問題是你相不相信我吧！」

啊，黑羽也在想我想過的事情。

我們是不是不信任彼此？我如此心想。

連我都這樣想了，聰明的黑羽不可能沒有這種念頭。

「那妳又怎樣？難道妳就信任我嗎！」

「唔……」

黑羽不由得語塞。

沒錯，黑羽也有自覺。

儘管她強迫對方相信自己，自己卻根本就不信任對方。

沒救了。我們倆已經——完全陷入互不信任的迷宮當中。

「…………」

「…………」

「「…………哼！」」

我們互瞪到最後就同時別開臉。

其餘的成員聳聳肩望向彼此。

沒有人出面調停，話題也沒有談到我們，會議就這麼結束了。

剩下的就只有大家要去旅行拍宣傳影片這件事，以及留在心坎裡的疙瘩。

＊

今天是星期三，吃咖哩的日子。

因此我在回家途中路過超市，買齊了全套材料。而且到家後我就把書包甩在客廳的沙發上，立刻動手下廚。

平時黑羽星期三都會來幫忙打掃洗衣，不過今天——吵得那麼凶以後——實在無法指望她會來吧。

「這些東西，要怎麼辦呢……？」

明明上星期才讓黑羽打掃過，家裡卻已經有脫下來亂丟的襯衫和垃圾散亂在各處。平時就花心思注意的話，不可能會亂成這樣。我想我大概是在無意識之間養成了每週黑羽都會來打掃，所以沒問題的觀念。

「不行不行……」

我在依賴黑羽。就算我們是青梅竹馬，讓女同學來家裡幫忙做家事本來就不正常。肯定是彼此距離太近，心裡便覺得有她在是當然的，家事讓她做也是當然的。

明明世上根本沒有什麼是理所當然的——

「……餘波過去以後，我要記得向她道謝才行。」

我做了反省，並且開始打掃盥洗處。

於是手機響了。是HOTLINE收到訊息的聲音。

『今天黑羽姊姊似乎很忙，可不可以由我去幫忙打掃呢？』

看內容反而是我要拜託對方才對，用詞卻含蓄到極點，是符合蒼依作風的文字。

我也想過這樣會不會不好意思，但是煩惱片刻以後，我就決定拜託蒼依了。因為我還有其他非做不可的事。

回訊後不到十五分鐘，蒼依就來了。

「那麼，末晴哥……打掃工作請包在我身上！」

蒼依細聲說完就奮力握拳強調自己多有勁。話雖如此，她細細的胳臂與「有勁」這樣的形容詞差遠了，反差讓我覺得很可愛。

蒼依讀國中一年級，身高一百五十公分左右，長相給人文靜的感覺，清純的少女風打扮更加提升了惹人憐愛的程度。一活動就會晃的雙馬尾頗有女生的味道，讓人忍不住想疼愛她。

「我想把咖哩再多煮一下，大約一小時後開飯，能不能麻煩妳先打掃？」

「好的！」

蒼依絲毫沒有排斥的臉色……不對，她反而看似開心地點頭。

這個女孩，真的是天使……

「其實我覺得自己也該一起動手打掃，而不是全部交給妳……不過今天就讓妳包辦好嗎？」

「當然可以，我就是抱著這樣的想法過來的。不過──」

「不過？」

「末晴哥希望把打掃工作交給我，就表示另外有事要做吧？那我打掃會不會干擾到你呢？」

蒼依應該是在想像我要跟什麼人講電話吧？好細心的女生。

「不是，因為我成績退步得有點慘，要多用功一些才行……其實等妳回去之後再讀書就好了，可是獨處的話總會忍不住偷懶。我打的是先講這些話自斷退路以便督促自己用功的算盤。對不起喔，下次我會設法報答妳。」

「呵呵，原來是這樣啊。」

蒼依雙手在胸前拍掌合十。

「請不用介意，打掃就交給我吧。來，末晴哥，趕快用功嘍。」

「……也是。」

跟蒼依講話都很順，令人感激。

畢竟換成碧的話，她八成會抱怨「居然都推給我！」而互相吵起來。

朱音則是本身學力太高，尤其在數學方面，難保不會讓我落得向小自己四歲的女生討教的下場，因此我不敢隨便在她眼前用功。

在蒼依面前，我當大哥哥就不會緊繃過頭，還可以要求自己收斂，以免讓哥哥形象蒙羞。所以今天代替黑羽來的人是蒼依，使我由衷感到慶幸。

「那麼……來拚吧。」

我在客廳桌上攤開參考書。在這裡要是鍋子煮到灑出來就能馬上看見，即使事有萬一也可以放心。

先從今天的課程開始複習，科目是英文。不過——

（因為有滿多時候都很睏，沒印象的部分還不少……）

文法沒有學好，背的單字量也根本不夠。

我翻開英文單字冊，嘀嘀咕咕地試著發音。

「請你加油喔，末晴哥。」

我沒有發現蒼依投注而來的關懷視線，只顧著跟英文單字冊搏鬥。

足足隔了一個小時。

蒼依把待洗衣物放進洗衣機，做完最起碼的打掃以後，就提議問我要不要開飯了。

我盛了兩盤咖哩，然後只在蒼依那盤加了蜂蜜。

「「開動嘍。」」

蒼依把湯匙送進嘴裡，臉色頓時一亮。

「啊，就是這樣。就是這個味道，吃了好安心。」

「太好了。這麼說來，好像是因為我每個星期都做這道菜，妳們家就都不煮咖哩？」

「對呀，所以我一直很想吃咖哩，尤其是末晴哥做的。」

這樣啊，我聽黑羽提過她家有人想吃，原來說的人就是蒼依。

「妳總是用這種方式抬舉我耶。」

「我真的這樣想啊，並不是在抬舉喔。比如說，末晴哥只有幫我這一盤加蜂蜜啊，像這種小細節就非常令人高興。」

這個女生誇人都不會遲疑，我想她在學校一定也受到周遭同學的喜愛吧。

蒼依完全沒辦法吃辣；黑羽舌頭上有另一片宇宙；碧反而愛吃辣；朱音則是對味道不講究，由於四姊妹喜好各異，志田家的餐桌具備「愛怎麼吃自己調」的精神。或許是因為這樣，蒼依才對有人關心她的口味感到高興。

「末晴哥，聽說你好像決定在高中畢業前不進演藝界，那你畢業之後有什麼打算呢？」

「嗯？」

「我自己覺得你不會去念大學，而是要回演藝界。」

「怎麼說？」

蒼依露出有些落寞的神情，目光飄忽不定。

「之前的廣告比賽，我是外行人所以看不出門道……可是就連我看了也覺得進演藝界才是末晴哥的天職。」

「這樣啊……嗯，謝謝妳嘍。」

得到讚賞是讓人欣慰的。不過以她的情況來說，我得注意別開心過了頭。因為蒼依動不動就會誇獎人，每句話都當真的話很容易得意忘形。

我回頭答覆她一開始的問題。

「畢業以後的事，我還沒拿定主意。我要多苦思一陣子再來做決定。」

「……是這樣喔？」

「該怎麼說呢，我想讓自己停止打一些奇怪的盤算。」

「末晴哥說的盤算是指什麼？」

「參加廣告比賽時，最初我也冒出了滿多盤算。好比只要搞定這一次就可以接到更多工作；變回當紅明星以後，自己能不能靈活地兼顧學業還有演藝界呢？諸如此類的想法。可是我馬上就覺得不太對。」

「會思考這些不是很正常嗎？」

「嗯，正常歸正常，可是我認為自己不適合做那些打算。以前我每次都只顧拚命做好眼前的工作，就過得很順利了。何況告白祭的時候，小黑教了我『要想起自己本來是為誰表演』這一點。我在廣告比賽時也有想起來，所以這應該算回歸原點吧，感覺在每個場合傾全力為身邊的人們付出會不會才是最重要的呢？所以現在想要只專注在眼前的事拚命努力。」

「哇啊……」

蒼依眼神發亮，朝我望過來。

「好棒喔，末晴哥，我好感動。」

這女孩果真是如假包換的天使。因為她能像這樣坦率地接納、坦率地誇獎，我也就可以坦率地把話說出口。坦率是重要的一點。

「末晴哥，我感受到了你跟黑羽姊姊之間的愛。」

「噗！」

我不禁把喝一半的水噴出來。

蒼依一面拿抹布擦拭灑到桌上的水，一面關心嗆到的我。

「怎麼了嗎，末晴哥？」

「啊，沒事……因為妳突然提到了愛這種字眼。」

「畢竟這不就表示你是把黑羽姊姊說的話烙印在心底活下去的嗎？我感受到你們的愛有多深厚了。」

不行啦～～！我聽著都害臊了！

這個女生個性單純，就把戀愛美化過頭，或者說她心裡自己開起了小花……就連我都覺得肉麻起來了。

我害臊得臉發燙，蒼依卻只是一臉不解。

嗯，蒼依並不是自信滿滿的那種類型，吐槽的話會讓她傷心洩氣……看來我只能用大哥哥的身分予以包容……

我只好換了話題。

「說到這個，妳怎麼會好奇我畢業後的出路？是希望我多接演員的工作嗎？」

「我當然也希望看到末晴哥活躍，不過我更好奇的是，為什麼末晴哥會努力進修學業呢？」

「這樣很奇怪嗎？」

「進演藝界又不必讀大學，那不就沒有必要用功了嗎？」

我拿起杯子將水喝完。

「哦～～聽妳講出這樣的話，滿讓我訝異耶。即使我決定不讀大學，若是小黑似乎還是會苦口婆心地說：『當高中生就是要讀書才可以啊！』」

「呵呵，感覺黑羽姊姊確實會說那種話呢。我並沒有她那麼堅強，如果可以不用做自己討厭的事情，我會覺得：當成有福氣不就好了嗎？」

「那是很自然的想法啦。像我也很討厭讀書。」

「可是，末晴哥不是在用功嗎？有哪間想報考的大學嗎？」

「呃，沒有耶。」

「那為什麼要用功呢？」

像這樣闡述自己的主張也很不好意思……但我想蒼依聽了應該不會取笑我吧。

如此思索的我開了口。

「學校的課業，我覺得是一種保險。」

「保險？」

「應該說讀的大學越好，要轉行就越方便，類似加入條件實惠的保險。假如說，現在已經決定好將來想做什麼，就沒有必要進修無關的知識了吧？比如想當廚師的人，大可在國中畢業以後立刻去磨練廚藝。假如自己想報考的大學只考數學和英文兩科，其他科目就不用讀了。畢竟像那種已經定好人生目標的人是不需要保險的。」

「原來如此。末晴哥把念書當保險，是因為對還沒決定將來出路的人來說，考上好的大學比較能保留朝各行各業發展的可能性……是不是這個意思？」

這女孩或許沒有朱音那麼聰明，但是她果然也很靈光，畢竟父親是大學教授嘛。

「沒錯沒錯。我覺得呢，學校課業就是替沒有決定目標的人存在的。畢竟目標定好後便可以逆向推敲出自己該做什麼事，當然也會有推敲到最後發現自己要在學校拿下好成績的時候啦。至於我進不進演藝界，仍要視情況而定。換句話說，就是我還沒有目標，因此必須用功讀書。」

「哇啊……好棒喔。」

蒼依雙手在胸前拍掌合十。這是她被別人的話打動時的習慣。

「末晴哥居然會有這種想法……我嚇了一跳。」

「小蒼……妳一直把我當成什麼都不會思考的人，對不對……？」

「啊哈，啊哈哈哈……沒、沒那回事喔。」

嗯～～這女孩果然不擅長說謊。她並沒有像我這麼笨拙，而是一說謊就會立刻產生罪惡感，因此根本不適合騙人的那一型……我有這種感覺。

不對，其實正是因為說謊技巧高超，偶爾才要裝成不懂得說謊……會不會是這樣？

我還是別耍蠢了。這個跟天使一樣的女孩怎麼可能會做那種事。

「不、不過！我說自己尊敬末晴哥是真的喔。」

蒼依似乎是看穿謊言掩飾不了，就打算改講好話來轉換話題的走向。

「妳講話真動聽耶。我在學校就老是被人瞧不起。」

「我覺得末晴哥的優點在於開朗跟老實。」

「我只是什麼都沒在想啦。」

「我認為沒那種事喔。」

「有啦有啦。」

「……像末晴哥這種不擺架子的個性，我也很喜——」

話說到這裡，蒼依就滿臉通紅地僵住了。

「……喜？」

我一問，她便從滿臉通紅變成滿臉蒼白。

「我……我是說……我也很希望向末晴哥看齊啦……」

「是、是喔……謝謝……」

我心底當然還是有種被敷衍的感覺，不過蒼依已經把臉轉開，還散發出「請不要再追問下去！」的氣場。再繼續逼問這個像可愛妹妹的女生也讓人於心不忍，因此我很快就退讓了。

吃完飯，我開始清洗餐具，蒼依則又動手打掃起來。

東西洗好以後，我走向洗衣機，把洗過的衣物塞進乾衣機。這是費力的工作，因此我剛才有主張要接手。蒼依在這段期間則用吸塵器四處清理。

後來我又回到客廳，拿起書本念書。

雖然聽得見蒼依忙著走來走去的聲音，奇妙的是讀書並不會受到干擾。我反而覺得很自然，用功大有進度。

記得有某項調查的數據顯示，多少有些聲音會比安靜過頭的環境更能讓人專心。電視節目播過探訪錄取東大的考生家庭，會發現跟普通家庭一比，很多人念書的地方是在客廳。

忽然察覺蒼依在視野一隅的我抬起臉。於是蒼依也注意到我，就露出療癒人心的和氣笑容。這非常愜意舒心。

可是我也覺得有些許落寞。

錯不在蒼依。肯定是本來應該在這裡的黑羽不見人影，我才覺得寂寞。

我懷著這種想法，面對眼前的課題。

「喵咪多一隻～～♪喵咪就變喵喵喵咪～～♪」

聽得見蒼依的歌聲和吸塵器聲混在一起。看來她似乎以為聲音會被抵銷，我這邊就聽不見。

（她這種傻氣的部分也好可愛……）

總覺得這女孩的可愛，會讓人想撫弄她的頭髮或下巴，再連聲誇獎：「乖乖乖乖乖！」

因此我停下拿著自動鉛筆的手凝望她——

「啊……」

蒼依就回頭轉向我，而且紅了臉。

「那、那個，末晴哥！難、難難、難道說，你聽見我唱的歌——」

「沒關係，我沒聽見啦。」

我固然不擅於說謊，當下卻盡力拿出了最好的表現。

畢竟蒼依的個性既內向又缺乏自信，如果這時候調侃她，我或許會被討厭。

撒這個謊是為了幫蒼依救場，更是為了讓她幸福。所以我動用了跟舞台上同水準的演技騙她……而這次，我似乎是成功了。

蒼依安心地嘆息。

「那就好……」

「嗯，我都說沒關係啦。」

「對呀，還好沒關——」

蒼依嘀咕到這裡就愣住不動了。

「……那、那個，末晴哥……」

「怎麼樣？」

「你那句『沒關係』，是因為聽見了才說的吧……？沒有聽見的話，正常會反問『剛才有說什麼話嗎？』之類的才對吧……？」

啊～～沒錯，就是那樣……蒼依說得對……被她發現了嗎……

「小蒼。」

我豎起拇指，露出潔白的牙齒。

「妳別放在心上。」

「啊唔唔唔唔～～～～～～～～～～～～～～！」

蒼依像水煮章魚一樣變得紅通通，然後遮住臉直接蹲下。

「末晴哥好壞心眼……」

她瞥了我一眼，淚汪汪地說道。

糟糕，我自以為有謹慎應對，卻完全讓她鬧脾氣了……

「那、那個……是我不好，小蒼，我並沒有調侃妳的意思……」

「真的嗎？」

「是啊。」

「你不會跟任何人說？」

「當然不會。」

「……那麼，本來就是錯在我唱歌唱出了聲音。」

就是要這樣嘛，這樣才對。

覺得有錯就道歉。雙方互相體恤，進而原諒彼此。

這才是吵架後理想的和好方式。

為什麼這次我跟黑羽就不能像這樣順利和好啊……

以往我們也會有吵架的時候，但是立刻就和好了。哎，畢竟絕大多數的狀況都是我有錯，所以一律是走冷靜下來以後由我道歉便結束的套路。

可是這次我覺得跟以往不同。

感覺更嚴重……應該說會沒完沒了。我有這樣的擔憂。

怎麼辦才好啊……

「那個，末晴哥……？」

「嗯？」

「你怎麼了嗎？突然一副茫然的樣子。」

「呃，沒有啦，我在思考一些事情……」

我總不能將心裡想的內容說出口，便悄悄地轉開視線，蒼依就把吸塵器放到地上，朝我走近了幾步。

「那個，末晴哥……你思考的，是關於黑羽姊姊的事對不對……？」

「啊，沒有，我是在想……」

「不用掩飾，看得出來喔。你跟黑羽姊姊吵架了對吧？」

蒼依是代替黑羽來打掃的，所以我跟黑羽鬧翻的事，她當然也曉得才對。倘若如此，蒼依肯定一下子就看穿了我發呆的理由。

「差不多啦。啊，可是並沒有什麼值得讓妳一聽的內容……」

「——請說給我聽。」

蒼依逼近而來。以個性內向的她來說，這是非常稀奇的狀況。

「末晴哥不想說的話，我當然不能勉強……可是，黑羽姊姊和末晴哥都是我尊敬的人，所以我希望盡一份心力……」

我感受得到蒼依誠懇的心意。

以這個女孩的情況而言，或許不找她商量比較傷人。她難保不會覺得是因為自己不成熟，又缺乏器量陪人商量所致。

我並非不願意告訴蒼依，只是她屬於讓人想呵護的存在，我就不希望害她操心或不安。

但如果什麼都不說會更傷人，我便有意告訴她了。

「那麼小蒼，妳可以聽我說嗎？要商量的是感情事，所以會有點害臊就是了……」

「末晴哥……如果你覺得我能勝任——好的，我願意陪你做戀愛諮詢。」

蒼依看似由衷開心地笑了。

害她費了不少心思呢——我一面反省，一面講起跟黑羽吵架的來龍去脈。

…………………

…………

……

「原來是這麼一回事……」

要面對面講這些也會讓我不好意思，因此我一邊講一邊泡了特製超甜皇家奶茶，然後遞給坐在L型沙發的蒼依。

蒼依偷看我坐在斜前方的模樣，並且享受著奶茶的香味。接著她呼了氣吹涼，慎重地端起茶杯就口——就差點燙傷了舌頭。

這女孩還是一樣迷糊，不過她本人似乎認為沒有被發現，還若無其事地把臉轉回來並把茶杯擺回盤子上。

「摸晴哥哥。」

「大家好，我叫丸摸晴。」

蒼依似乎是因為舌頭燙到而變得口齒不清，陰錯陽差冒出來的「摸晴哥哥」一詞太有亮點，使我忍不住吐槽，蒼依就漲紅了臉。

「討厭～～！末晴哥好壞心眼！」

蒼依使勁湊上來捶我的肩膀。

這些舉動讓人覺得她跟黑羽真是一個樣，不過黑羽用果凍軟拳打人其實會痛，反觀蒼依打人就完全不痛。明明在生氣，對於弄痛別人卻好像有抗拒感。她就是這麼溫柔的女生。

「是我不好！是我不好啦！」

「末晴哥真的這麼認為？」

「抱歉，其實我覺得好玩的成分比較多。」

「討厭～～討厭～～討厭～～！」

從蒼依甩亂雙馬尾的動作來看，她是真的生氣了。不過蒼依是三妹而且內向，她指著我鼻子罵的聲音跟黑羽不同，混有一絲嬌柔，挑逗到我的嗜虐心。

這女孩平時便乖巧可愛，不過為難時會更加可愛，我忍不住就想戲弄她。

但是玩過頭會失去她的信任，因此我決定收尾。

「不不不，真的是我不好。喝吧喝吧，皇家奶茶要涼嘍。」

「……冷掉比較好。」

啊，她鬧脾氣了。

那又可愛得讓我想惡作劇，然而將話題帶回去似乎比較妥當。

「所以呢，妳覺得怎樣？聽我說完，妳覺得錯在哪一方？」

蒼依應該是察覺到我認真在問吧。

她立刻露出嚴肅表情，彎腰湊上來的身子坐回原位。

「呃……末晴哥，希望你聽了別發火……」

「不要緊，這種事實話實說比較好。麻煩妳直接告訴我感想。」

「那我要說了喔……我最先想到的一句話是『夫妻吵架狗不理』。」

「…………………咦？」

奇怪，跟我預想的台詞差滿多耶。

坦白講，我原本以為會被蒼依嫌「幼稚」或「遲鈍」之類……

「唉，果然當事人並沒有發現……末晴哥，你跟黑羽姊姊吵這種架，簡直充滿小倆口**愛的力量**，光聽就**覺得飽了**，也可以說**只會造成他人疲勞困頓**……」

「咦！妳的感想是這樣？」

「如果要我說真心話，就是半斤八兩，或者說，誰錯都無所謂吧，或者說，你們要不要趕快和解，然後開始交往比較好呢——」

「等、等一下！我跟小黑是真的動了氣在吵架耶！」

「是的，我有據此發表感想啊。」

……怎麼搞的，難道我跟蒼依的觀感差這麼多？

或許我要多做一點說明才可以。

「小黑為什麼不肯對我說真心話呢？她是因為有事想打迷糊仗才騙了我，沒錯吧？」

「原來如此，末晴哥懷有的不信任感似乎很深。」

「可是這一點小黑也一樣吧？她就是不信任我才會說謊。」

「……該怎麼說呢，信任真是個複雜的字眼。」

有說法認為女人會比男人早熟，蒼依才讀國一卻講得出這種話，在精神上應該算成熟吧。

「末晴哥，我覺得你的老實相當令人安心，更是值得尊敬的部分……不過，我想並不是大家都能跟你一樣對人挖心掏肺喔。」

「咦？」

「你說到『撒謊是不對的』，這一點完全正確，我認為末晴哥實際上就是不會撒謊的那種人。可是，要實踐到跟末晴哥一樣的地步，我想是相當困難的。」

「小蒼，這麼說的話，妳的意思是錯在我這邊，所以要由我主動道歉比較好？」

「並不是那樣，我想表達的是……」

或許是因為我的語氣變重了一點，使得蒼依慎選用詞回答：

「要說哪一邊有錯，我覺得理虧的是黑羽姊姊。不過呢，對於黑羽姊姊的心境……我非常能理解，因此希望末晴哥別太苛責她。應該說，希望你能用廣闊的心胸包容黑羽姊姊。我會有這種天真的想法。」

「唔……嗯～～」

儘管錯的人是黑羽，蒼依卻能理解她的心境，所以希望我能原諒她？

這些話讓我聽得似懂非懂……

「黑羽姊姊重視的是『結果』，末晴哥則給人重視『過程』及『手段』的印象。明明你們朝著同一個方向，重視的部分卻不同。大概是這樣才導致你們兜不攏。」

「具、具體來說是？」

「我覺得思考這一點是末晴哥的工作耶。」

糟糕。我的腦袋亂成一團理不出頭緒。

蒼依明明比我小，卻用滿懷慈祥的笑容守護我。

雖然很籠統，但我明白蒼依想表達什麼。

就算這樣，以我的立場，無論如何都會有「既然錯在黑羽，她總可以先給我一句道歉吧」的心態。

「……末晴哥，你喜歡黑羽姊姊嗎？」

「…………」

我原本想搔搔頭敷衍過去，蒼依的眼神卻是認真的。

所以我也必須老實應對。

「喜歡歸喜歡……可是……我已經轟轟烈烈地被甩了……還跟她吵架……都不知道該對她信任到什麼地步了……」

「嗯？」

「……雖然……我不曉得該不該問這種問題……」

蒼依垂下目光，猶豫並嚥下口水以後才打定主意開了口。

「末晴哥……有了其他喜歡的對象嗎？」

一瞬間，白草的臉差點從腦海浮現，我搖搖頭。

「我不確定……」

我對於黑羽的好感與尊敬之意都依舊存在。

但也許是吵架的關係，那種情緒就躲到內心深處，變得難以窺見。感覺隔一陣子安定下來就會明白了，然而我現在只要想到黑羽，心裡便會蒙上一層迷霧，讓我什麼也搞不懂。

「這樣啊……」

皇家奶茶已經有點涼了，蒼依反而像是溫度恰到好處地咕嚕咕嚕喝下去。

「末晴哥哥，我跟你說喔，我只覺得你不要急著下定論比較好。」

「…………」

真不愧是朱音的雙胞胎姊妹，她們倆講了含意類似的話。

之前朱音給過建議，告訴我「要憑著積極正向的念頭」來選擇出路。

蒼依講的話也跟那有些類似。

「談戀愛，要是用曖昧不清的心態來選擇對象，豈不會釀成大問題嗎？」

「……我明白。在我身邊，就有那樣的負面範例。」

獨占欲、利害關係和戀愛之情攪成了一片泥沼，讓人深陷其中而發展出嚴重的情場糾紛，這種事我見識過好幾次。

就是哲彥那傢伙害的。

「末晴哥，現在你不是在跟黑羽姊姊吵架嗎？像這種時候，我覺得會失去冷靜的判斷力喔。所以說，就算你不選黑羽姊姊當對象，如果因為這樣而選其他人，難保不會帶來後悔。」

「妳的意思是我不論要選誰，都要等冷靜一點再做決定比較好嗎？」

「是的。這次，群青同盟所有人都會去沖繩吧？」

「對。小蒼妳會來嗎？小黑有跟妳提過了吧？」

「會，我們四姊妹是第二天出發。」

「噢，是嗎是嗎？」

總之確保有人手啦，那就好。

這次要忙的事情積得像山一樣高。

幫群青同盟三個女生拍攝宣傳影片。以上是主要目的，而我跟真理愛還有碧要參加惡補宿營。其餘成員都負責支援，然而影片一旦開拍，設置舞台、準備服裝和音響設備等雜務，即使找來再多人手也不夠。哲彥大概會去張羅不足的部分，但他說過要盡可能只靠群青同盟的人拍攝，假如欠缺人手，難保不會演變成不眠不休也要弄到好。

「然後呢，我聽過一種說法，說是旅行中會有魔法出現。」

「魔法？」

「呃，就是平時八字都沒一撇的男女去旅行後……頓時……就像被人施了魔法一樣……」

「啊～～旅行時興致一來，就自然湊成對的那種現象嘛。」

「就是那樣！末晴哥你千萬要注意，別變成那樣比較好。假如發生那種事肯定會後悔的。」

真厲害，聽她的口氣簡直像見識過未來一樣。

不過——

「哎，小蒼，確實如妳所說……可是我總覺得這些話不符妳的本色……」

預言未來般的用詞像朱音；考量到內容彷彿在教訓人，也可說像是出自黑羽口中的字句。平時的蒼依頂多提到「最好多注意吧？」就打住，並不會把話說到「萬一事情變成那樣，你絕對會後悔」的分上，所以我才覺得不可思議。

「因為我擔心末晴哥……假如說了什麼有違本色的話，我跟你道歉……」

啊啊，蒼依洩氣了。

她肯定是認真在為我著想，然後給了這樣的建議。對此懷疑還覺得她奇怪，應該很失禮吧。

「抱歉。謝謝妳的建議，我會記在心上。」

「末晴哥，請你要真真確確地記在心上喔。」

今天的蒼依格外緊迫盯人耶……

「誰教群青同盟的成員都非常有魅力嘛。」

的確啦，黑羽和白草都是可以跟真理愛一起在演藝界吃得開的等級。

「所以末晴哥會三心二意也是可以理解的，畢竟我相當清楚……末晴哥也會有……也是有比較好色的部分就是了……」

蒼依面紅耳赤地繼續說：

「正因如此，回歸一開始的正題，我覺得末晴哥必須注意，別隨波逐流就決定對象！」

「……換句話說，妳覺得我遇到美色攻勢八成會輕易淪陷，所以要提醒我那樣會後悔嘍？」

「我沒有想得那麼誇張喔。」

「一點都沒有？」

「……稍微覺得。」

「唔──」

蒼依講這句「稍微覺得」時，臉色是認真的。

那等於在提醒「請你真的要注意喔」、「請別讓我失望喔」，蒼依覺得我移情別戀的可能性就是這麼高，在這方面我完全不受信任。

當成妹妹疼愛的女生這樣警告我，實在得銘記在心才行……

蒼依打掃告一段落後，交代「末晴哥，我會期待去旅行喔」就回家了。

*

『今天開會，正如我們原先的預料呢。我打算姑且向你道個謝。』

哲彥是在漢堡店用晚餐。

此時打過來的電話，劈頭就對他說了這麼一句。

哲彥再清楚不過，白草討厭他。即使如此，對方仍來電答謝自己幫的忙，可以感覺到其教養之良好，這讓哲彥露出了苦笑。

「沒什麼好謝的，我才不需要聽這些。重要的是，我可以期待有樂子吧？」

哲彥被要求幫忙的事，就只有讓這次沖繩旅行的企劃過關。

『要我再幫妳多出點力也是可以喔。』

他這麼說過，然而大概是不受對方信任的關係——

『不用，我有我自己的計畫，沒問題。』

白草就給了這樣的答覆。

『當然嘍。你只要別來礙事就好。』

「哎，這次光是『三個女成員拍宣傳影片的企劃』能通過，我就達成目的了。既然已經獲得勝利，妳叫我別礙事，我倒是無意採取什麼行動……」

哲彥一直都很看重白草的企劃能力。之前廣告比賽的策略就用得不錯，廣告以及音樂宣傳片的腳本也是其他成員絕對想不出來的。

還有這次的沖繩旅行企劃也不賴。白草在廣告比賽結束當天就找玲菜查清楚黑羽的行程，再藉此擬定企劃的行動力值得刮目相看。結果她就靠閃電般的快攻，一口氣力壓哲彥所認識的「那個」黑羽了。

可是——與黑羽堪稱「鐵腕」的執行能力一比，哲彥就對白草有些擔心。

「我姑且先問一件事就好，這次旅行的『目標』定在哪裡？妳是怎麼打算的？」

『……………』

白草似乎有戒心，就沒有立刻回答。

不過這應該也有自我鼓舞的用意吧，她口氣強硬地斷言：

『我最大的目標始終如一。「讓小末主動跟我告白」——就這樣而已。』

「不不不，那有困難吧？」

至少以現狀而言，哲彥看得出末晴的心還向著黑羽。

白草和黑羽的立場在告白祭逆轉了。雖然被末晴告白的黑羽甩了他，使得狀況陷入一片混沌，然而哲彥實在不覺得廣告比賽有讓白草再次逆轉。

『要……』

「要？」

哲彥開口反問，就被超乎想像的大音量罵了回來。

『要你囉嗦！我是小末的「初戀情人」耶！你懂嗎？初戀在人生中只有一次而已！是意義獨

具的！所以根本就沒什麼困難！』

哲彥把手機從耳邊拿遠，並覺得她說的也有道理。

「初戀情人」這一點確實無法忽略，末晴顯然是把白草當成戀愛對象。目前，末晴和黑羽的關係進一步陷入混沌，雙方好感度似乎也沒有太大差距。只要巧施手段，白草想達成「讓末晴告白」應該不無可能。

不過談到巧施手段，意思就是「要比黑羽更會用手段」。這是一道非常高的門檻。

『這次旅行，我不惜找你協助而製造了「沒有那隻狐狸精在的一天」，藉機將小末手到擒來的企劃早已布局完成。你只要看著我反攻就好，懂嗎？』

原來如此，這次旅行要加副標題的話，大概就是《白草的反攻》吧。

製造黑羽不在場的一天，讓白草占得了先機。

那麼，她會直接衝到底嗎？還是——

「我明白了，大小姐——請讓我見識妳的本領吧。」

哎，無論局勢怎麼走都有意思吧。

哲彥揚起了嘴角。

這次他要放鬆心情看好戲。反正可以帶玲菜去旅行，局勢怎麼變似乎都不吃虧。

真理愛會採取什麼行動也值得一看，還有，最好也認清志田的妹妹是一群什麼樣的女生。耳聞她們全都長得很可愛，不過能力、性格、跟末晴之間的關係——這部分最好先確實掌握清楚。

要找人加入群青同盟，弄不好的話有可能讓同盟告吹。

人群會瓦解的最大主因就是人際關係不和。正因如此，讓成員加入務求謹慎，還準備了駁回權。在這種環境中，志田那幾個妹妹處於相當容易招納的立場。

目前，群青同盟潛藏的最大炸彈，應該是末晴交不交女友。萬一他實際交了女友，這顆炸彈足以將群青同盟轟得蕩然無存。真理愛勉強有可能留下，但是志田和可知兩人沒有被選上的話，肯定會斷然離開群青同盟吧。

如此一來——現在的均勢狀態才符合理想。既然希望維持群青同盟的這股「力量」，就要視情況所需介入吧。

所以哲彥這次打算為可知提供助力，上次替志田撐腰對她也有虧欠之處。不過也罷，感情事變化多端，隨便介入也有可能自找苦吃，盡量別採取動作比較好。何況當事人都說不用幫忙，哲彥並沒有好心到會給自己找事做。

那麼接下來會如何發展呢——真令人期待不是嗎？

哲彥掛掉電話，把剩下的最後一根薯條放進嘴裡，然後拿著托盤起身。

第二章　夏天尚未結束！

＊

羽田機場的大廳擠滿了準備享受三連假的旅客。

我喜歡機場及車站，人們想像旅途的歡愉表情能勾起我的雀躍感。

「我第一個到嗎……」

八點鐘集合，相對地，現在時間是七點半。看來我太早到了。

閒著也是閒著，當我心想是否要逛附近的小店看土產消磨時間時，白草就來了。

「早安，小末。」

「唔……！」

這……旅行才剛要開始，我就受到了震撼……

彷彿要主張名字裡的「白」正是個人代表色的白色洋裝。大概是為了跟服裝搭配，她拖著奶油色的行李箱。

擺在行李箱上面的草帽更是吸睛。

雖然白草現在沒戴上去，但是這頂草帽絕對適合她的啦……！

黑長髮的正統派美少女穿這套服裝，簡直可愛到犯罪。

「呃……你覺得，怎麼樣呢……？」

白草忸忸怩怩地問道。

她只有對我講話才不會帶刺。這非常可愛。

因此我也覺得難為情，就轉開目光並搔了搔臉頰。

「……怎麼說呢……我覺得非常好看……」

「真、真的嗎……！」

「真的啊……妳穿起來很合適……感、感覺賞心悅目呢……」

「謝、謝謝……」

總覺得超不好意思的啦！

這麼說來，我難得跟白草獨處。畢竟在學校都有其他同學，即使偶爾有機會一對一相處，也馬上就會有別人打岔。有別於黑羽，我跟白草在私底下都不會見到面。

怦通——心臟猛然一跳。

咦，這是怎麼了？

我的手在冒汗，心跳進一步加速。

不行啦，這樣太沒節操了。就算白草長得漂亮，我才看了一眼她穿便服的模樣就心動成這樣未免太誇張。

白草似乎把我的反應解讀成有好感，就比平時縮短了一步距離。

「小末，我跟你說喔。」

如果她稍微靠過來一點，頭就會觸及肩膀的距離。

我想起之前在車上感受過白草朝耳邊吐出的氣息，身體便僵掉了。

「抵達別墅以後，我想帶你去看一個地方——」

「——哦～～人家也想見識看看呢，那個地方。」

我跟白草回過頭，就發現一身可愛水手風裝扮的真理愛正在微笑。

……慢著，笑歸笑——其實她是在生氣？

真理愛面帶微笑，額頭還浮出了血管。

「桃、桃坂學妹？」

「妳這樣會不會靠得太近了點呢……白草學姊？」

「！」

我和白草互看彼此，臉紅以後各往旁邊挪了一步。

這樣我們倆就隔了兩步的距離。正常的間距。

（糟糕了糟糕了……）

這就是蒼依提到的「旅行魔法」嗎？對旅行感到雀躍，又對平時沒看過的陌生打扮產生心動感，兩者混合在一起，或許就讓心態變得比往常開放了。

「好久不見，末晴小弟！」

「唔哇！」

突然有人從背後勾了我的肩膀，還整個人靠上來。

我疑惑對方是誰而回過頭，就看到一張懷念的面孔。

「啊……妳是小桃的姊姊……」

「對，我叫繪里。原來你記得我啊，謝嘍。」

繪里小姐露齒發出嘻嘻的笑聲。

這個人是真理愛的姊姊，繪里小姐。六年前，我常跟真理愛搭檔的時候，曾經和她見過幾次面而有了交情。

記得她比真理愛大七歲，所以是比我大六歲……應該二十三歲左右吧？

依舊是個漂亮的人。

繪里小姐的長相可以看出跟真理愛是姊妹，不過她更成熟穩重，給人柔和、溫吞、包容力強大的印象。哎，最大的差異在於胸部尺寸就是了。

有別於像洋娃娃一樣可愛俐落的真理愛，留短髮的繪里小姐感覺活潑，溫和地帶著滿面笑容的模樣顯得好親近又有魅力。

「哪裡哪裡，被記得的我才要慶幸。妳現在從事哪一行呢？」

六年前繪里小姐並沒有讀高中，而是在工作賺取生活費。真理愛事業成功了，因此她還在從事原本職業的可能性不高。

「真理愛說我可以去進修，目前我是讀明知大學二年級。」

「噢噢！好厲害！東京六大學之一！恭喜！」

「話雖如此，同年級的人都把我當阿姨嘍。畢竟我比身邊同學大了不少。」

「才沒那種事啦，繪里小姐長得很漂亮啊。」

「哦～～沒想到你講起客套話這麼順口，不簡單耶。」

「我並不是在客套啦。」

跟繪里小姐講話不用太花心思，應該說，她有種無論出什麼狀況都肯包容的氣質，所以我大可放心地老實稱讚她的長相。

「謝嘍……然後我要告訴你——」

繪里小姐勾在我肩膀上的手臂用力一拉。

豐滿胸脯抵到我的胳臂，帶來幸福感的神經遞質運行於腦內。

就在這時候——

「——你不會惹哭我的真理愛吧，末晴小弟？」

「噫……」

她拋來好似要令人結凍的台詞。

「畢竟在你身邊，好像有許多漂亮的女生。」

「啊～～不會啦，沒有那種事……」

「旁邊那個女生，是不是叫作白草？是個大美女耶。坦白講，她屬於你喜歡的類型吧？」

「呃，這個嘛，恕我無可奉告……」

「還有個青梅竹馬叫黑羽對不對？雖然你在影片裡被甩了，但是你還喜歡她吧？」

「突然談這些，我一下子也答不出來……」

「我問你，真理愛可不可愛？」

「可、可愛啊。」

「超可愛的對不對？」

「可、可愛。」

「沒有人會希望惹她哭的，你不覺得嗎？」

「我、我有同感。」

「你為什麼口吃呢？」

「該說是壓力沉重嗎——」

因為被繪里小姐用胸部頂著，平時我光是這樣就會樂得飛起來，可是對方的臉色和言語壓力讓我沒空想那些。

這個人不僅有包容力，還具備如此的一面，所以我在她面前都抬不起頭……

「姊姊……？」

看我被這樣勾肩搭背講悄悄話，真理愛難免會介意吧。

繪里小姐回過神放開我，然後「啊哈哈」地笑了。

「因為好久不見，我有幾件事想偷偷問他，不小心就問得太投入了。」

「咦？姊姊妳問了什麼！」

「呵呵～～這是祕密。」

繪里小姐一面回答真理愛，一面使了眼色要我保密。

看到她這種討喜……或者說落落大方的態度，我就由衷覺得自己比不過這個人。

有股說不出的懷念。當時，明明繪里小姐才十七歲就在工作扛起家計，為人卻毫無陰沉感。

既溫柔又有親和力的開朗大姊。

而我從以前就在繪里小姐面前抬不起頭，同時也敬愛著她。

「那個……不好意思，突然麻煩妳陪我們去沖繩，因為家父有急事要處理……」

白草會向繪里小姐賠罪，是因為這一趟原本要由她父親總一郎先生帶隊。

搭電車做個小旅行也就罷了，去沖繩只有高中生的話實在不妥。

所以總一郎先生身為別墅和私人海灘的主人，應該要以監護者的立場陪同，可是他昨天有了急事。畢竟總一郎先生是公司老闆，會有這種狀況在所難免。

於是，我們就近尋找可以成行的人選，繪里小姐就主動舉了手。

「咦？妳在說什麼啊？可以免費去沖繩旅行耶，是我運氣好才對啦！」

繪里小姐哈哈大笑。

「幸好能聽妳這麼說。」

白草似乎對這樣的繪里小姐抱持著好感。

「妳長得這麼漂亮，卻是個懂得關心人的女生呢。真理愛，妳效法一下人家比較好吧？」

「姊！」

真理愛面紅耳赤地鼓起腮幫子。

啊～～我了解我了解。親人誇獎外人以後，話題又落到自己身上還挺難為情的。別講那些無謂的話啦！拜託安分點！聽了會有這樣的感覺。

「什麼嘛，真理愛，這些成員又不是工作上的夥伴，妳就在他們面前稍微露出本性又有什麼關係？」

「姊！別、別再說了啦……！」

「咦～～比如妳拍戲在外面過夜，如果不打電話給我就會睡不著，這些事也都不能提喔？超可愛的不是嗎？」

「欸，姊姊！妳幹嘛提那些啦！人、人家有形象的耶！」

真理愛一連捶了繪里小姐好幾下。繪里小姐卻只顧著笑，完全沒有損傷。

由於真理愛鬧了不小的脾氣，取笑她或許也嫌可憐。不過看她們姊妹倆互動，忍不住就會盈上笑意。

老實說，我鬆了口氣。

真理愛在這六年有所成長，可愛得令人瞠目，圓滑世故的程度也更加洗鍊，看起來便顯得無懈可擊。

或許這是件好事，我卻也擔心她是不是歷經艱辛學到了要如何保護自己的經驗，才造就了現在的姿態。

不過看她跟姊姊繪里嬉鬧的模樣，宛如看見姊妹倆六年來相親相愛的歲月，讓我覺得非常溫馨。

「剩下哲彥和玲菜還沒到嗎……」

現在再過五分鐘就是講好的集合時刻。那傢伙屬於通常會分秒不差，不然就是稍微遲到的類型，所以還有一點時間。

「呃，我想去小店看一下耶，可以嗎？我來回都會用跑的。」

「小末，你有什麼想買的東西嗎？」

「我想看看店裡賣什麼土產，有東西可以當早餐的話就會順便買。」

「那麼，末晴哥哥，你要不要吃這個代替早餐？」

真理愛說著從包包裡拿出來的是——

「啊，這是妳以前常做的麵包脆餅嗎？記得妳很擅長做省錢料理。」

用微波爐把麵包邊加熱後，塗上奶油，再用微波爐烤一次，接著灑上砂糖就完成了——印象中真理愛有這麼向我說明過。

像這種省錢的菜色，真理愛從以前就常做。成本便宜有分量，吃起來又有飽足感的麵包脆餅是真理愛的拿手菜之一。她現在是有錢人了，想要奢侈的糕點應該都可以盡情蒐購，沒想到她還會做這些。

對此我不禁感到訝異，可是有錢以後仍不忘節約，我認為是非常好的事。

我抓了一片麵包脆餅，放進嘴裡。

奶油的風味與砂糖的甜蜜，再加上酥脆的麵包在嘴裡化開，流進處於空腹狀態的胃。

「好吃耶！小桃，妳的手藝進步了！」

「呵呵，人家使用的素材比那時候好，還下了不少工夫喔。」

「哦～～！比如說哪種工夫？」

「之前我是用微波爐，現在則是用烤箱，烘烤之際還要設定——」

當真理愛解說得正熱烈時，白草從旁插話了。

「等、等一下，桃坂學妹？妳不是人氣女星又家財萬貫嗎？怎麼會連擅長省錢料理的屬性都有？」

「……咦，白草學姊，妳不曉得嗎？我們家本來很窮，是姊姊國中畢業後馬上去工作才能過活的喔。人家會做這點省錢料理是理所當然。」

「不、不會吧……畢竟會當女演員的人，一般都不擅於下廚……」

「那是刻板印象呢。別說不擅長，這反而要算人家拿手的事情，廚房裡的活兒人家大致都會，妳有何指教嗎？」

「…………沒有。」

白草說到這裡就將對話打住，還保持一小段距離。她背對我們，喃喃自語地嘀咕著什麼。

「糟了……我特地練習過廚藝才來的～～……明明是好機會～～……狐狸精也不在～～……這樣我的計畫就……」

「哦～～大家都到啦。」

哲彥分秒不差地在集合時刻到了現場。

「那我們走吧。」

「喂，哲彥，玲菜還沒來耶。」

「她在啊。」

哲彥回過頭，目光轉向人群之中。

我瞇眼環顧四周——啊，她在。玲菜一手拿著攝影機，還巧妙地將半邊身體藏到死角以免太醒目。

這是在搞什麼，尋找〇利嗎？

「她怎麼會躲在那裡？」

「因為有攝影組的職務吧？」

「就算這樣，跟我們一起行動不就好了嗎？」

「你就隨她高興嘛。」

哲彥做人都有這種冷冰冰的部分。不過玲菜也是照自己的意思在行動，感覺並沒有聽命行事的跡象。

玲菜的便服屬於休閒款，看起來像刻意穿得樸素以免招搖。她本身性格開朗，平時又都穿制服，我就沒有注意到這一點，看來她屬於私底下會壓抑自己存在感的類型。

「不然讓她跟我們一起行動也無妨吧？」

「也是啦。」

「那麼——」

「人家去叫她過來。」

率先趕過去的是真理愛。

玲菜表示是因為晚到，只好留在旁邊觀望，剛開始她還揮手拒絕跟我們一起行動。然而在真理愛不斷勸說以後，玲菜似乎就認命地聳聳肩過來了。

「啊，打擾各位了喲。」

「怎麼啦，玲菜？妳的個性不是應該更厚臉皮一點嗎？」

「大大，你真的是粗神經喲。我在你眼中是什麼樣的人啊？」

玲菜看似不滿地噘嘴。

「坦白說，除了學校辦的活動，我沒有參加過旅行。畢竟有包辦萬事的工作要忙，在班上跟同學也只有最低限度的來往喲。所以該怎麼說呢，我不曉得自己該待在什麼地方——」

「然後，妳打算起碼盡到自己的職務，就離得遠遠地攝影，是嗎？」

「嗯，差不多就是那樣喲。」

要說的話，背後沒有隱情的人才不會做「包辦萬事」這一行。

「所以嘍，不用理我也沒關係喲，請各位儘管──」

「傻瓜。」

我朝著玲菜的頭頂揮下手刀。

「很痛耶！大大你做什麼！」

「聽妳這麼一說，反而更不能置之不理吧。」

「不、不是啦，我說這些並不是希望得到什麼待遇──」

「小桃，妳也這麼覺得吧？」

我將話鋒一轉，彷彿等著接話的真理愛就點了頭。

「對呀，就算是幕後人員，也不用跟大家客氣。畢竟我們是一起去旅行的。」

順口說出幕後人員這一點很像真理愛的作風。

一直以來拍戲時有誰受到孤立或者難以跟團體打成一片，真理愛肯定也都是率先過去搭話的吧。從她剛才的行動就能明白。

哎，照真理愛的個性，或許她做這些是另有盤算，然而俗話也說偽善強過不行善。

而我打算支援真理愛這樣的做法。

「既然這樣，玲菜，當成是我委託『包辦萬事』的妳，麻煩妳這次旅行和我們一起同樂。搞得像是妳一個人被排擠，我心裡會不舒服。」

「呃，不會啦……」

「還有，麻煩妳跟小桃好好相處。三連假結束以後，她就要轉來我們學校了，先交個同年級的朋友會比較好吧？」

「可是，大大委託這種內容就只有我占到便宜，不能當成工作吧……」

「不過費用要等我出人頭地以後再付給妳喔。」

玲菜瞄了哲彥的臉色。

哲彥則是搔搔頭，還一副「不然妳就照辦嘛」的調調聳肩。

玲菜紅了臉，並且深深低下頭。

「那、那請妳多多指教了喲！」

「好的，人家才要請妳多多指教。」

真理愛牽起玲菜的手回應，玲菜雖然害羞，還是開心似的微笑了。

「小末果然對人很溫柔……所以，我才會……」

白草嘀咕了一句。

「哦～～」

繪里小姐說著朝群青同盟的成員看了一圈——

「……原來如此。」

然後看似愉快地點了頭。

＊

「噢噢～～噢噢噢噢噢～～～～！」

出機場的瞬間就能感受到熱氣！

陽光不同！天氣熱度也不同！

「夏、天、耶～～～～～！」

我欣喜得喊了出來。

東京早已入秋，可是沖繩還留有夏天的氣息。

蔚藍天空與閃耀的大海好似暗示著接下來會有多開心。

繪里小姐按照預定去租了車子，所有人便一起上車。

途中我們大啖沖繩麵，之後則是去採買食物。

來到購物中心，我們推著購物車討論往後幾餐要吃什麼。

「咖哩這道必備的菜色不能少吧？」

繪里小姐如此說道，我便立刻加入話題。

「那可以到明天中午以後再煮嗎？」

「為什麼？」

「呃，明天才來的小黑舌頭上有另一片宇宙，我希望盡量把她吃得下的菜色安排到明天。」

「那是什麼意思？宇宙？」

「因為我想不到宇宙以外的形容……」

繪里小姐似乎察覺到苗頭不對，就爽快地退讓了。

「嗯，好……好啊，ＯＫ的。有緣故的話就以那為優先，咖哩等明天中午再吃嘍。那今天和明天的晚餐要吃什麼？」

「姊姊，明天晚上的人會很多，人家覺得做簡單的菜色就好。感覺彩排也會壓迫到時間。」

真理愛的意見極為合理，因此沒有反駁的聲音。

「不然，吃烤肉怎麼樣？」

「「「贊成。」」」

事情就這樣敲定了，今天的晚餐卻成了問題。

「明天早上可以吃剩菜和麵包就好——今晚怎麼辦呢？」

「還是讓人家來露一手？比如像義大利麵之類的簡單菜色，要煮六人份只是小事一件喔。」

嗯，從這群成員來看，最會做菜的似乎是真理愛耶……之前她溜進家裡為我下廚時，那頓飯就很美味，廚藝應該可以說已經有了保證。

不過事情並沒有順利敲定。

「桃坂學妹要拍宣傳影片和念書，兩邊都得兼顧吧？我認為這樣負擔實在太重。」

嗯～～要兼顧拍片和念書的確實只有真理愛。或許她忙得過來，然而讓一個人扛起這麼多事情還是不好。

我如此心想，打算對白草表示贊同——

「白草學姊，難道說，妳是在畏懼人家的廚藝？」

「……啥！」

真理愛就插嘴放話了。

「畢竟妳在人家拿出麵包脆餅時也有過來糾纏。可以想見的是，白草學姊的廚藝肯定爛得毀天滅地，才嫉妒人家辦得到妳不會的事，人家有說錯嗎？」

「根本不對！妳說的那些話！與事實完全不符！」

我說啊，妳們兩位……今天小黑不在……就減少口角發生的次數嘛……

「既然如此——」

「那好——」

「我們來較量廚藝！」

「人家要跟妳較量廚藝！」

我嘆了氣，對哲彥說道：

「這下子該怎麼辦啊？」

「你要想辦法，末晴。」

「你覺得這有辦法解決嗎？」

「很簡單。不管她們煮出什麼東西，你吃就對了。」

「欸，你是認為小白絕對會煮出怪東西吧？」

「……吃出人命的話，我會幫你收屍啦。」

「……我絕對也要逼你吃。要死一起死。」

「我、不、要。」

「你、少、囉、嗦。」

「小心我幹掉你！」「那是我要說的台詞！」「閉嘴受死吧！」「你也去死啦！」

原本玲菜傻眼地望著我們的醜陋爭執，然而她往旁一看，就「噫」地發出驚呼聲，身體還隨之發抖。

「那、那個……兩位學長……狀況變得有點恐怖喲……」

而我們聽了玲菜的諫言，就停下爭吵回過頭——

「…………」

只見白草正散發出駭人的氣場佇立不動。

妳怎麼什麼也不說？本來就夠恐怖了，這樣更恐怖了耶。至少辯解個幾句啊，否則會讓人擔心妳的廚藝是不是真的爛得毀天滅地，壓迫感與超難吃料理帶來的雙重恐懼，我可吃不消耶。

「過來過來，你們這兩個高中男生！做人要思考什麼叫粗中帶細！」

繪里小姐彈了我跟哲彥的額頭。

我做這種事的話，哲彥就會發飆，但他似乎認為姑且要對年長的女性有禮貌。儘管一臉不滿，他卻沒有說出口。

「女生都說要為你們下廚了，講話不要那麼難聽。」

被繪里小姐一唸，使得我吭不出聲。

「對不起。」

我坦然道歉。

哲彥還是沒有開口，但他稍微低頭賠罪了。

「……太好了，所幸這裡還有正常人喲。」

「嗯？玲菜，妳的意思是我們不正常？」

「咦？大大，莫非你認為自己正常？」

玲菜相當嚴肅地開始思索。

「不不不，沒那種事吧？假如真是那樣，可就太扯了喲。呃，說真的，我是出於親切才要告訴大大，你會那麼想就已經不正常了，對此你最好要有自覺喲。」

「啥～～？是這張嘴在跟我耍嘴皮嗎～～？」

我擰起玲菜的臉頰，臉變搞笑的玲菜就拍著我的腰宣布投降。

沒錯沒錯，學妹就是要乖才對。

「既然妳們要較量廚藝，就得訂題目嘍。各做不同的菜色也很難比較吧。」

繪里小姐似乎滿有興致促成這場比賽。

我本來想偷偷當作沒這件事，演變成這樣也沒辦法。挑一道能將傷害降到最低的菜色比較妥當吧。

「哲彥，麻煩出個好點子。」

「我看呢，乾脆就來比當地的泡麵吧？」

「你平常是個人渣，不過有時候真夠天才的耶。」

「那樣沒意思～～」

呃！擁有絕對權力的帶隊者打了回票。

「話雖如此，用困難的菜色當題目也不方便……」

「那、那就做『炸雞塊』——」

打岔的白草想提議，音量卻太小。

因此大家還沒聽見她說什麼，就被繪里小姐的聲音蓋過去了。

「不然這樣吧，煮『火鍋』怎麼樣？」

繪里小姐的提議讓眾人「哦～～」一地互相點了頭。

原來如此，煮火鍋感覺就能避免釀出慘劇。繪里小姐對白草的廚藝似乎姑且也存著戒心。

「可是天氣這麼熱耶。」

哲彥發了牢騷，繪里小姐卻完全不在意。

「有什麼關係嘛。我啊，會在冬天吃冰品，也會在夏天吃關東煮喔。」

「…………」

哲彥似乎難掩不安，可是反駁的力氣好像也用完了。

「那、那個，還是做『炸雞塊』——」

「就這麼決定嘍！」

因此，這場較量在繪里小姐高聲一呼下成了火鍋對決。

後來大家就各自散開，進入購物時間。

「可知學姊，我想請問，烹飪器具齊全嗎？」

「咦？一、一應俱全啊！廚師來做外燴時，幾乎都沒有自己攜帶器具。畢竟那本來就是設想過會用來開派對的別墅。」

「哇～～有錢人真猛～～」

「呃，煮、煮火鍋這件事，果然已經定案——」

「哲彥，保險起見，我們也買些泡麵吧。」

「這樣就不會出差錯。哎，最糟的情況下可以吃泡麵收尾。」

「哦，原來有這種泡麵，我看也買來當土產好了。」

「姊姊，冰品是一定要的對不對？」

「唔～～真理愛，都交給妳決定～～」

「等一下，姊姊！妳買了多少酒啊！」

「反正抵達別墅以後就不用開車了嘛～～這是今明兩天的份～～」

「姊姊是不是開始讀大學以後就稍微墮落了？」

「喝酒是大人的嗜好啊～～真理愛再過幾年也會懂啦～～」

「啊，與其煮火鍋，我想還是比其他料理——」

炸雞塊

一行人就這樣和樂融融地挑起要買的東西。

為什麼旅行時購物會這麼有樂趣啊？

明明不是做什麼特別的事，卻讓人雀躍不已。

（真希望小黑也可以在第一天來沖——）

我心裡想到一半就硬是忍住了。

……這次，我有打定一個主意。

「除非小黑主動為說謊的事情好好道歉，否則不原諒她」——就這樣。

找蒼依商量以後，我試著多方思索。

從蒼依的觀點會覺得能夠理解黑羽說謊的原因，所以希望我原諒黑羽。

我感受到了蒼依的心意，也有冒出「可以原諒黑羽吧？」的念頭。

不過這是一種了斷。問題在於講不講道理。

萬一我主動原諒黑羽，難道不會變成她做出任何事，我都必須原諒的局面嗎？即使沒那麼極端，應該也會讓「當時你都原諒了，這次再原諒又有什麼關係？」的狀況順理成章地變多。

或許是我太過死腦筋。

然而有人說謊，就要由說謊的那一方道歉。聽見道歉就原諒。

我希望把這視為理所當然。

對方有意矇騙，我卻予以原諒，心裡會留下疙瘩吧。

因此，我已經決定要抱持戒心來面對黑羽了。

「怎麼了嗎，末晴？」

哲彥從背後朝我搭話。

他手上拿著有「琉球可樂」字樣的飲料。

混帳，看了超令人好奇的嘛。

「照你的個性，反正就是在想志田吧？」

「啥——」

被說中的我忍不住做出反應。

我立刻體悟到這是敗筆。哲彥在觀察我的反應。

「你那點心思一下子就看得出來啦。以往你跟志田即使吵架，都很快就和好了嘛。」

「這次跟平時也沒什麼不同啊。」

「別撐了。事情搞得這麼僵，就算吵架的起頭方式跟平時一樣，也會讓你們把心結打得亂糟糟吧。」

不愧是歷經眾多情場糾紛的男人，說服力截然不同。

我朝周圍看了一圈。

……附近沒有我們社團的人。

趁現在——就可以問吧。

「我說啊，哲彥。」

「怎樣？」

「換成你在我的立場，會怎麼做？」

也許這問得有點抽象。

可是我連身邊女生是否對我有好感都不敢篤定。

反正哲彥對我的處境及其餘事情應該都掌握得比我還清楚。

所以我就直接把問題拋給他了。

「你是問，換成我的話嗎——」

哲彥思索過片刻，然後說：

「我會把身邊的女生全部追到手並且開後宮。」

「你真的渣到極點耶，聽了反而讓我安心。」

我就知道～～！

要說的話就是這樣！這傢伙絕對會這樣回答啦～～！

「認清我是渣男就夠了嗎……？」

哲彥賊賊地露出惡魔般的微笑。

「你要老實面對自己，末晴，有那麼多可愛的女生在你身邊耶。即使不確定好感有多深，你也察覺到她們對你有好感了吧？」

「差、差不多啦……」

「那你回應她們的好感有什麼不對？常識？法律？那些玩意兒，人類誕生時都不存在吧？我並不是叫你去傷女生的心喔，反而是要你讓她們幸福就好的意思。讓所有人都幸福就可以了。即使到最後，你多少從常識跳脫出去了，又有什麼問題？重視的女生能過得幸福才要緊吧？這就叫『人類之愛』，也是『溫柔』的展現啦。」

「嚇壞我了！你到底有多人面獸心？哲彥，我覺得你的死因絕對會是被女生捅刀而死喔。」

「那對男人來說不是死得其所嗎？」

「好恐怖，我稍微可以理解你的渣男言論。」

話說到這裡，我忽然感覺到有動靜。

「……唔！有誰在這裡嗎！」

我忍不住環顧四周。

……還好，沒有人在。

呼——我嘆了口氣。

畢竟這麼蠢的對話內容，總不能讓女生聽見吧？

＊

「人家說不出自己其實都聽見了呢……」

真理愛從末晴跟哲彥講話的櫥櫃後頭露出臉來。

當然是在確認他們走遠之後。

「哎，應該說那就是阿哲學長和大大的風格，我聽了也沒什麼感覺喲。」

玲菜從真理愛上面露出臉，還有樣學樣地窺探四周。

「是嗎？人家可沒有那麼想過，所以非常有參考價值呢。」

「參考啊……」

玲菜不敢領教似的板起臉。

真理愛看了她的表情，便覺得滿意。

玲菜的反應相當好。雖然交情尚淺，但是她有常識，又會把心裡的想法立刻表露在臉上，這一點讓真理愛十分中意。

「剛才的對話有什麼要素值得讓妳參考呢？」

「末晴哥哥和哲彥學長不同，有著重視常識及倫理道德的一面，因此對於哲彥學長出的主意不敢領教。可是從另一個角度來看，他似乎也羨慕那種忠於慾望的行事風格，對吧？」

「啊～～對啦，沒錯喲。」

「不過畢竟末晴哥哥也是高中男生，人家覺得那是無可奈何的。」

「桃仔，妳能接受大大那樣喔？我覺得說不過去喲。」

桃仔是對真理愛的稱呼。

玲菜原本叫真理愛為「真理愛同學」，由於彼此讀同年級，真理愛希望玲菜叫她「小桃」。

但是玲菜表示有點難為情就拒絕了。

玲菜也叫真理愛不必對她用敬語；真理愛則是要玲菜別對她處處客氣。

於是雙方做了許多嘗試卻覺得有些彆扭，勉強可以接受的就是從「小桃」衍生而來的「桃仔」這個稱呼了。

「好啦好啦，先聽人家講嘛，把那一點擱到旁邊。」

「要擱到旁邊喔？」

「換句話說，末晴哥哥也是高中男生，因此對後宮亦非全無憧憬，這就是人家的新發現。」

玲菜歪過頭。

「嗯～～聽到這裡我還是不懂有什麼可以參考喲。」

真理愛哼聲挺起鼻子。

「玲菜同學，妳覺得人家現在的立場，跟黑羽學姊或白草學姊比起來怎麼樣？」

「……妳是指，在戀愛方面？」

「對。」

「我可以老實說嗎？」

「當然。」

「我覺得妳輸給了那兩位。不過，這並不是指妳的魅力輸給她們喲。」

講話老實而且小心，但是不會客氣過頭。

對當女星一直受到矚目又讓人賠小心的真理愛來說，玲菜的態度頗得她好感。

「謝謝妳有話直說，人家也是那麼認為喔。」

「呃……我並沒有講什麼中聽的話，為什麼妳能一副平靜的樣子呢？」

「因為對現況有正確的認知才是掌握美好未來的第一步。」

玲菜「哦～～」地發出感嘆。

「所以，妳的認知與剛才的觀念要怎麼連到一起？」

「人家在戀愛方面輸給黑羽學姊還有白草學姊。話雖如此，相較於她們兩位，人家覺得自己跟末晴哥哥的距離並沒有隔得太遠。之所以會有這種差距，感覺原因全是出在人家『還沒有』被末晴哥哥當成戀愛對象。」

「好厲害，妳真冷靜耶。」

「另一方面，若是展望到十年後，憑末晴哥哥的才華勢必會在演藝圈活躍，能跟上去的就只有人家，這也是必然的定局。」

「……嗯，雖然不曉得會不會變成那樣，感覺是有可能喲。」

「既然如此，人家的『上策』就是在末晴哥哥意識到人家以前，讓她們兩位互相牽制，始終保持沒有任何一邊跟末晴哥哥湊成對的狀態。最好是用這種拖延戰術來爭取時間，再趁機讓末晴哥哥意識到人家——就是這樣。」

「啊～～原來如此，我總算懂了。後宮在一般的認知——是選擇跟每個女生在一起，不過反過來說，也可以解讀成『沒有選擇任何一個人』嘛。」

真理愛揚起嘴角。

這個女生果真既敏銳又值得談心。

「這麼一來——事情就好說嘍。即使人家『裝成允許後宮存在的聽話女生』，其實也不會吃虧，本意在於爭取時間不讓任何人被選上。這樣反而可以表現得像個心胸寬大的女生，妳不覺得甚至可說是占了便宜嗎？當然嘍，到最後末晴哥哥的眼裡只會有我一個才對。」

「好厲害！桃仔真是有手段！」

玲菜露出虎牙笑了。

那張笑容爽朗，讓人看了心情愉快。

「我在立場上是不會幫妳，可是會替妳加油！」

「謝謝。光是有伴可以像這樣談心，人家就很高興了。畢竟這樣的內容實在不方便跟姊姊聊……找玲菜同學聊的話，應該也能守住祕密。」

「萬事包辦的最低條件就是嚴守祕密喲。唯有這一點我可以斷言。」

真理愛露出微笑。

追著末晴哥哥來這所學校，馬上就交到了朋友。單是這樣，她暫時停下工作便值得了。

「人家把這命名為──『末晴哥哥三分之計』！」

真理愛使勁擠出手臂的肌肉，看似得意地挺起胸。

這當然是效法三國志裡諸葛孔明的「天下三分之計」才取的名稱。

玲菜悄悄別開視線，搔了搔臉頰。

「那樣我只能想見大大在女生爭風吃醋下，身體被分成三塊慘死的未來耶……」

＊

離開購物中心以後，我們搭上滿載行李的車，開過海邊。

海潮味充滿鼻腔，聽得見海浪聲。車裡音樂是繪里小姐選的ＴＵＢＥ與南方之星。

途中我們側眼看著在岸邊游泳的一群人，車子則一路往民家稀少的方向前進。

大海。大海在等著我們，我興奮不已。

「——這裡就是我家的別墅。」

汽車停下了。

白草為了領路，率先從後座下車。她並沒有在炫耀，只是用隨口問一句「如何？」的調調把手比向聳立於前的別墅。

「喂喂喂。」

「你要冷靜，末晴。」

「喂喂喂，這叫我怎麼冷靜得下來啊！」

要說的話，我相當清楚白草的家境有多富裕，畢竟總一郎先生是足以贊助連續劇的大公司老闆。

不過目睹這種彷彿要用來攝影的極致美景，我根本無法冷靜。

開展至海平線盡頭的翡翠綠海洋。

雄偉別墅就有一半立足於海上。建築物本身是如此搭建的。

有半棟別墅蓋在海上。

唔哇，豪奢就是在形容這種景象吧，我覺得自己著實見識到了。

「怎麼樣，小末？我啊，最喜歡的就是這棟別墅。」

我朝說這些話的白草跪下了。

「感謝您帶我來到這裡，大小姐。」

「咦？咦～～？」

「有何需要還請您儘管吩咐。」

「等一下，你別這樣啦，小末！」

「大小姐，您待人接物居然這麼和氣，令我喜不自勝！」

「好了啦，小末，你別用這種方式講話～～！再說你用的詞也怪怪的～～！」

哲彥和玲菜在困擾不堪的白草旁邊說起悄悄話。

「末晴這傢伙真扯，對握有錢和權力的人完全招架不住。」

「大大是平民嘛……我懂他的心情喲，雖然很丟人。」

「一看見別墅就變了嘴臉，實在糟透了。既然他早就知道可知是有錢人，還不如從最初就擺那種態度。」

「平民都抵擋不了大玩意兒喲。」

「妳也一樣嗎？」

「阿哲學長，請不要看扁我喲。就算我是小市民，可沒有連自尊都拋到一邊去。」

「你們講話可不可以選一下用詞！」

雖然我並沒有逐句吐槽啦！可是我全聽見嘍！

「尤其是玲菜！妳根本就瞧不起我吧！」

「坦白說——我就是瞧不起大大喲。」

「妳別以為直話直說就可以獲得原諒喔。」

我用拳頭抵著玲菜的太陽穴轉了轉。玲菜嚷嚷著「大大是惡霸～～」、「堅決反對霸凌學妹～～」這些話，但是我一律無視，無視就對了！

不過，哲彥跟玲菜果真合得來耶，卻完全嗅不出他們在戀愛的蛛絲馬跡。

越了解哲彥這個人，他們的關係就越顯得不可思議。

唉，表示無關戀愛，這傢伙起碼也有個想疼的學妹吧。

「白草小妹，把房門打開！還有，大家各自拿行李！尤其是男生！」

繪里小姐明快地做出指示。既然是帶隊者的命令，哲彥也無法反抗。

由白草領頭，一行人分別拿起行李，朝別墅裡邁進。

「唔喔～～～～！超棒的啦～～～～！」

從玄關直走就會看到約十坪的客廳，一進去便有整片海景。客廳與露臺之間幾乎都是用玻璃區隔，透過減少邊框來避免擋住美景。

來到露臺，比想像中高的位置讓我吃了一驚。

明明從玄關進來，這裡卻是二樓，結構似乎就是這麼設計的。

往右一看，私人海灘盡收眼底。有階梯從露臺延伸而下，可以通往下面的沙灘。

無論景緻也好，格局也好，尋常的富裕人家應該沒辦法這麼享受。

多麼奢侈啊！簡直就是樂園！我們居然可以在這種地方住兩晚——

「呀呼～～！」

遠超出想像的度假別墅讓我的情緒不由得亢奮起來。

而且似乎不只我這樣。

「啊～～我已經忍不住了～～！」

引人遐想的發言使我回過頭，就看見繪里小姐從購物袋裡拿出啤酒並且一飲而盡……！

「咕嘟……咕嘟……噗哈～～！棒得受不了～～！」

嗯，豪放又漂亮的大姊，真不錯。

看到繪里小姐有笑容，我也覺得高興。

當大家興高采烈地鬧成一團時，白草做了解說。

「大家的寢室在一樓喔。」

「哦～～原來底下不叫地下室，而是一樓。」

「這棟別墅將停車場與玄關設計在二樓啊，一樓的便門與沙灘相通。」

「有錢人就是這樣。」

連這種時候也要出言挖苦，做人像哲彥這樣可就吃虧了。放開心胸享受就好了嘛。

一旁的哲彥聳聳肩在廚房裡物色，白草見狀便按下空調開關。

「寢室有五間，每個房間各有兩張床。至於房間分配——」

「末晴哥哥就跟人家睡一間嘍。」

「…………」

「…………」

「…………」

太過若無其事講出的一句話，讓時間不禁停止了。

「真理愛——有一套喔！」

繪里小姐豎起拇指幫腔。

繪里小姐……已經喝醉了——不，她神智清醒時也會講一樣的話吧……這樣行嗎？當姊姊的像這樣行嗎……？

「好的，那麼桃坂學妹就跟她姊姊住一間——」

「可知學姊的無視技能好強！」

我完全與玲菜有同感。

白草的冷酷太猛了，是混了殺意的等級。

「小末跟甲斐同學住一間；我跟淺黃學妹住一間。剩下兩個房間留給志田同學家的四姊妹，這樣可不可以？」

大概也只能這樣分房吧。白草和玲菜的組合雖然稀奇，但是其他組合都固定下來了，感覺要更動也動不了。

「順帶一提，浴室在三樓喔。露臺的景致固然不錯，要欣賞星空的話在浴室會比較舒適。」

我想到了好點子，便拍手提議：

「小白，我有個好主意，大家可以穿泳裝一起到浴室——」

「你覺得我會允許那麼色的事嗎？小末，你說啊？你真的覺得我會允許？說啊？說啊？」

「啊，好的，非常抱歉……我說的是玩笑話……」

被對方用看待垃圾的眼神逼問，也只能道歉了吧？

為什麼哲彥都不怕這種冷眼攻勢啊？正常來講是會凍死人的耶。

「啊～～這裡真的好棒～～」

我靠向環繞露臺的木製扶手，並且張開雙臂，用全身承受海風。

從扶手探出身子俯視，正下方就是海洋。可以說有半棟別墅突出在海面，才看得到這種景象吧。

哲彥來到旁邊，跟我一樣從扶手上面探出頭，觀察起這幅美景。

「我問妳喔，可知，該不會可以從這裡跳下去吧？」

「是啊。露臺會突出在海面上，聽說有一半是為了景觀，另一半就是為了讓人享受跳進海中的樂趣。」

「好，我明白了。末晴。」

「怎樣啦，哲彥？」

「——下地獄去吧。」

我被人從背後推了一把。

「……咦？」

天與地翻轉過來，我倒栽蔥跌了下去。

這……難道說……

「唔喔喔喔喔喔喔喔喔喔！」

我反射性地抱住頭——並且彎起身子讓自己以背部摔進海裡。

嘩啦～～～！水花猛烈濺起。

「啊，大大那樣看起來超痛的喲……」

突然身處海裡，我陷入了慌亂。

總之我掙扎著想浮上海面。T恤好沉，短褲貼在腿上，背部刺痛無比，游起來非常不方便。不過游泳算是我相對拿手的項目，沙灘距離也不遠，因此我設法游到可以站起來的地方了。

「哲彥～～～！你這臭傢伙～～～～～！」

全身溼透的我滴著水，衝上通往露臺的階梯。

「咯咯咯————！拍到有看頭的反應了————！玲菜，先剪輯這一段當預告片！播放數要衝高嘍！」

「你這人渣～～～～～！要是我溺水，你打算怎麼辦啦～～～！」

我揪起哲彥的襯衫領口。

於是哲彥忽然正色。

「……抱歉，我明白這樣會讓你吃到苦頭，不過為了群青頻道，這是無論如何都要有的整人橋段……」

「哲彥……」

哲彥的態度意外溫順，讓想找他算帳的我撲了個空，還不禁細聽起那些話。

「畢竟，你很會游泳吧？高度並沒有多高，離沙灘也近，我才覺得這不要緊。但是，看到你平安回來我就放心了。我是相信你的，末晴————噗！」

這傢伙說到最後……居然噗嗤笑了出來……！

可惡！我聽到一半還差點被說服耶～～！

「你也給我一起下海吧～～～！」

「可惡，放手啦！末晴！你這傢伙～～～～！別想得逞～～～～！」

我硬是架住哲彥，把他帶到露臺扶手旁邊。不願摔下海的哲彥奮力抵抗，使局面變成忽進忽退的拉鋸戰。

「只差一點啦～～～～！認命吧，哲彥～～～～！」

「要摔你就自己摔吧～～～～！」

「嘿！☆」

我和哲彥被人推了肩膀。

凶手是笑得惹人憐愛的妹系美少女——真理愛。

「唔喔喔喔喔喔喔！」

「混帳東西～～～～！」

真理愛看我們摔到海裡，就「呵呵」地發出可愛的笑聲。

「拍到好畫面了呢。」

「不不不，桃仔！妳把人推下海，還一臉得意地說這什麼話啊！」

白草板起了臉。

「我認為帶著笑容把他們倆推下去的妳最可怕……」

「我也覺得桃仔最恐怖喲。」

「啊哈哈，好好玩喔☆」

「噗哈～～！啤酒讚啦～～！」

有這樣的說話聲落在從海面探出臉的我頭上。

雖然不是很明顯，真理愛似乎也對豪華別墅感到亢奮。

斜眼看人的白草也很快就改成無奈的調調，聳聳肩露出笑容。

畢竟大家都這麼開心嘛，有什麼辦法。

我們來到了沖繩海邊。

＊

由於可怕的監督者（黑羽）不在，我們決定先游泳。

看到這種翡翠綠的海，當然要游啊！

幸好大略檢視過各個房間以後，因為白草兩個月前有來過，簡單做個打掃似乎就能住了。

目前才下午兩點，趁現在就能下海。倒不如說，太陽西沉後會讓海水的溫度下降，到時候就不方便游泳了。縱使這裡是沖繩，也已經十月了，能游泳時就要游才對。

哎呀～我還得念書才行，也有拚勁要用功就是了～這有什麼辦法呢～要念書晚上也可以念，不過要游泳只能趁現在嘛～

我們像這樣找藉口，解散到分配的房間，各自換起泳裝。

……哎，我跟哲彥已經搞得渾身濕，所以脫掉的衣服要拿去洗。

白草拜託過「希望有人能先到沙灘上著手布置休息場所」，因此我跟哲彥從倉庫拿了遮陽傘和海灘墊出來。

「哲彥，挑這一帶可以嗎？」

「噢～～行啊。」

哲彥搬了裝滿飲料的冰桶過來。

我轉了一圈環顧沙灘。

這片沙灘似乎是將岩地的一部分鑿空而形成的圓形地帶，面向大海的話，右手邊是斷崖絕壁，左手邊有別墅，而且別墅跟海之間有通往露臺的階梯。

不過沒想到日本會有這樣的地方耶……真的跟樂園一樣……

沙地從腳邊傳上來的熱氣讓心隨之躍動。

「末晴哥哥！」

而且令人期待的當然是……女成員們穿泳裝！

年齡相近的女生穿泳裝，以往我看過的只有黑羽。

看來第一個到的是真理愛。

那麼，不知道會是怎麼樣呢……

「噢，小桃！」

我滿懷期待地回過頭——愣住了。

真理愛的泳裝是有荷葉邊的桃色連身式泳裝。說起來跟身材曲線明顯又強調性感的那種類型不一樣，可是肌膚裸露度跟外出上街的打扮差多了。稱不上豐滿的胸部大小適中，而且皮膚白淨，纖瘦的手臂及腿莫名嫵媚，將魅力毫不保留地展現出來。

我明白，真理愛是我的小妹。可是——

泳裝果然有股魔力。

跟平時不同的打扮、氣氛、暴露感令人不禁暈頭轉向。

問題在於，這可是「那個家喻戶曉的真理愛穿泳裝的模樣」。

被盛讚為「理想之妹」，在電視上也廣受歡迎的美少女。戲裡頭塑造的是妹系角色，肌膚的裸露本來就相當節制，穿裙子也絕對不會採用偏短的剪裁，以清純形象為賣點的女星，穿泳裝的模樣要是拍成照片肯定能以高價交易吧。

即使我跟真理愛很熟，那終究是六年前的事，形同息影後就只有在電視上看到她了。所以目睹她成長後的模樣，我實在沒辦法無視……

「末晴哥哥，怎麼樣呢？」

真理愛純真無邪地將泳裝秀給我看。

平時我會簡單應付過去，當下卻不由得害臊起來，就一面別開視線一面說：

「喔……喔～～不、不錯耶，我覺得很可愛。」

「嗯～～～～～……」

真理愛向前彎下身窺探我的表情，接著忽然喜色滿面地笑了出來。

「奇怪～～？末晴哥哥，你怎麼了～～？人家難得穿泳裝，請你多看幾眼嘛～～」

「呃，不、不用了啦。」

「請別這麼說嘛～～你看，這個荷葉邊，很可愛的喔～～」

真理愛大剌剌地掀起荷葉邊，讓我看她的身材曲線。

「欸，小桃！」

看來我驚慌的模樣似乎讓真理愛樂不可支，她還進一步貼上來喜孜孜地笑。

「啊哈哈，末晴哥哥，你心動了嗎～～？好可愛喔～～」

「唔……知道了啦！我知道妳的厲害了，所以別再靠近！」

「即使這麼說也沒用喔～～來～～乖乖乖～～」

拚命忍住不看真理愛的我被她摸了摸頭。

糟糕。我完全被她耍著玩。

這時候——我放在連帽衣口袋的手機響了。

「哎呀。」

由於要逃正好是個機會，我連忙拉開距離，點了HOTLINE確認。

訊息是白草傳來的。

『我想讓你看泳裝……可是在大家面前會不好意思……從玄關出來後往右走也有一小片沙灘，我希望在那裡偷偷讓你看……』

……原來如此原來如此。

嗯，我懂我懂。

好——走吧。

立刻就走盡快走。

「啊～～我想起有點事要處理～～！」

我若無其事地離開沙灘，然後衝上通往玄關的階梯。

確認後方！好，沒有人跟過來！玄關無誤！從這往右走！

我等不及了！用衝的！

正如白草所說，拐向右走幾步路就有一小片沙灘。

這片沙灘真的是小巧玲瓏，跟剛才和露臺相通的沙灘完全不一樣。寬不到十公尺，立刻就會碰到混凝土蓋成的堤防。

不過，我一看就曉得「賣點」在哪裡了。這片迷你沙灘擺了一張正好可以讓兩個人坐的石質長椅。因為是石質的，即使長椅泡水也不成問題吧。

只供兩人共享的迷你海灘，這肯定就是這塊空間的訴求。

我走下沙灘，決定先坐在長椅上等。

回頭看向背後，有一片跟我差不多高的堤防。除非走過來附近，否則連這裡有人都不會發覺，明明是戶外卻有不可思議的隱私感。

「我、我我我、我要冷靜點……」

我戰戰兢兢地靜不下來。

不曉得為什麼會緊張喔。

白草是我寶貴的女性朋友。

她曾經是我初戀的女生，曾經是我憧憬的對象。

……曾經？

錯了。她是我初戀的女生、憧憬的對象這件事，至今仍舊沒變。

其實我們在六年前就認識了，只是當時她的外表和現在完全不同。我把她當成有如天上燦星一般的遙遠存在，但是她其實就近在身邊。

沒錯。我對白草有太多種情愫攪和成一團，感覺到現在都沒有好好面對。

就算白草是六年前的舊識，想放輕鬆去親近，覺得她高不可攀的觀念卻已經在心裡植入得太深。事到如今要把她想成高不可攀地去崇拜她，過去那層關係又太過親近。

因此在告白祭以後，我總覺得很難找她講話，幾乎沒有兩人獨處過。

就算難以攀談，也不代表我不想跟她講話，只是掌握不到距離感。

白草大概也有這種混亂的心境，總覺得從她散發的氣息感受得到。

我懂。白草傾心於我。

不過那是出於以往青梅竹馬關係的友愛，還是愛戀——我分辨不了。

之前我在眾人面前轟轟烈烈地被甩了。自己的判斷應該不可靠，也不能信。

倘若如此，能相信的就只有言語，我卻不記得從白草那裡收過什麼示好的話語。儘管行動上有許多部分能體會到她的好感……卻屬於情況證據，無法構成她是否對我有戀愛情愫的證明。

我該怎麼對待白草才好？該怎麼跟她相處才好？

六年前，面對繭居在家的白草，我是擺著「有事哥來罩」的架子跟她相處。

但現在的白草已經不是六年前的她了。

她現在不需要我幫忙，我沒辦法用「有事哥來罩」那一套。

那我要找什麼樣的立場來代替才對呢……？

「讓你久等了，小末……」

「！」

有聲音從背後傳來。我不自覺地站起來，卻莫名緊張而無法回頭。

「……你怎麼了？」

「啊，沒有……」

我隱約想起了一些蠢事。

『欸，你覺得這有多大？』

『D……不對，E嗎？』

『真是，她就不能改穿身材曲線更明顯一點的衣服嗎？』

『對呀對呀！假如穿泳裝就棒透了！』

班上同學看了白草拍的寫真，講過這些話。後來白草大發雷霆，教室裡吹起一陣暴風雪。

沒錯，白草穿泳裝的模樣對班上同學，以及在全國恐怕不計其數的粉絲來說，是至今想看也看不到的景象。

非但如此，這並不是從以前就年年看得到的黑羽穿泳裝，更不是從以前就當成妹妹對待的真理愛穿泳裝，而是我初戀的女生、憧憬的對象穿泳裝。

無論從哪個觀點思考——要我不緊張才難。

白草應該是對我背向她一動都不動感到奇怪吧。

她繞到我面前。

「小末？」

白草擔心似的探頭看過來。她這麼做，自然就讓全身進了我的眼簾。

白草在泳裝上面披了白色針織衫。

胸口略為敞開，到膝蓋以上二十公分的衣服下襬很性感，卻把泳裝遮得好好的，這部分與我的想像有所不同。

我因而冷靜了一點。

「啊哈哈，什麼嘛！」

「你在說什麼……小末，怎麼了嗎？」

「沒有，因為妳說要讓我看泳裝，老實講我還以為是更接近比基尼的款式……」

心裡遺憾歸遺憾，不過就應該是這樣嘛！

「……這件衣服是我不想讓其他人看見泳裝才加上去的。」

「！」

「我想讓你看的——是這件。」

白草窸窣地脫下針織衫。

宛如蟲蛹羽化成蝶，針織衫翩然落下。

「——怎麼樣？」

白草忸忸怩怩，羞赧地問我。

白色比基尼毫不吝惜地露了出來，從海面反射過來的光芒使其更添丰采。

明明以往都看在眼裡，白草的肌膚卻比我想像的白，光看就讓人怦然心動。

白皙肌膚配白色泳裝，豐滿胸脯與婀娜腰身，雙腿極為修長且柔軟富有彈性。模特兒體型跟烏黑長直髮相得益彰——看了只覺得美。

「呃，那個，我、我我我不知道該怎麼形容才好——」

「……只聽這樣我不知道你有什麼感想。說清楚一點好嗎……小末？」

糟糕，我心慌到不行。心臟已經作怪到再繼續下去似乎會出人命的地步。

總覺得光呼吸就費盡了力氣。氧氣不足。

但是白草要我回答。

我吸了一大口氣，然後盡可能避免下流地將想法坦然說出來。

「非常適合妳！我覺得很漂亮！真的，漂亮得讓我大受感動！」

「啊——」

白草突然當場腿軟坐下來。

「怎麼了，小白？」

我打算靠近，白草就伸出手掌要我停步。

「沒事……我沒事，小末……」

——好高興……我一直一直希望，能聽到你這麼說……

白草嘴裡嘀咕著幾不成聲的字句，可是因為沒講出聲音，我便聽不見。

我只知道白草眼裡泛了淚水。

「小白，妳真的沒事嗎……？」

我這麼搭話，白草就用力搖頭。

看來那是切換心態的訊號。

用手指一梳頭髮，她就變回平時的冰山美女了。

白草起身拍掉腿與臀部沾到的沙粒，然後看向長椅。

「小末，你不坐嗎？」

「好、好啊！」

聽她說完，我立刻坐回長椅。

「我可不可以也坐下來呢？」

居然要一起坐兩人用長椅，距離會不會太近啊……但是只讓白草坐在沙灘上怎麼行……那樣的話要我坐在沙灘也是可以，不過面對面似乎更緊張，讓人有點遲疑……

我是如此猶豫，卻沒有半個拒絕提議的理由。

「好啊，當然可以。」

我靠向旁邊把位子空出來。

於是，白草就「坐到了我的腿上」。

「嗯————？」

呼吸停止，就是指這種情況吧。

我特地靠向旁邊，她卻坐到我腿上是怎樣？我的腿可不是椅子耶。

應該說，問題並不在這裡——

（欸，我腿上有白草屁股的觸感啦～～～！）

因為彼此都是穿泳裝，相觸的肌膚之間完全沒有隔著任何東西耶～～～！

從方才到現在的強烈緊張、壓力及預料外的突發狀況。

這時候，我腦海裡浮現了小時候父親要我背的般若心經。

『觀自在菩薩．行深般若波蘿蜜多時，照見五蘊皆空，度一切苦厄。舍利子。色不異空，空不異色，色即是空，空即是色。受．想．行．識．亦復如是。舍利子。是諸法空相，不生不滅——』

將思考切斷以後，我聽見般若心經。

表情當然是嚴肅的。害羞或難為情之類的情緒，目前我一律沒有。

反而好像是白草的思路正在空轉。

她從頸子到臉龐全都紅通通的。

原本皮膚就白，所以變紅會更明顯，看起來甚至要從頭上冒出蒸氣。

白草好像也認為自己擺了烏龍，雙手還湊到臉頰上，就這麼定住不動。

蘊皆空 度一切苦厄 舍利子
空 空不異色 色即是色 受·想·
復如是 舍利子 是諸法空相……

我處於無的境界；白草則羞恥至極。

簡直可以形容成靜與動所打成的死結。

嗶鈴鈴鈴鈴鈴！

放在連帽衣口袋裡的手機響起。

聽見那聲音才讓我和白草回過神來。

白草迅速起身，大概是害臊過度的關係，她還撿起掉在沙灘上的針織衫披到肩膀上。

總之我接了電話。

『……末晴哥哥，你似乎過得滿愜意呢……』

「小桃？」

真理愛講話的音調相當低。平時她都有一副可愛嗓音，現在卻像是來自地獄的亡者語氣。

所以說，她該不會……

「妳、妳看見了……？」

『「人家這邊在拍攝喔」……』

「噗！」

我噴了出來。

「欸，起碼用看的就好了嘛！還有幫我跟妳旁邊的傢伙說一聲！叫他馬上去死！」

『……好的……好的，啊，末晴哥哥，旁邊這個咯咯大笑的人有話要轉達給你……他說有拍到白草學姊的泳裝特寫，問你要不要檔案。』

「我當然想要啊～～～！」

這是怎樣？意思是影片檔會給我，可是他要把拍到的畫面拿去用嗎！那傢伙果真是惡魔吧！

『順帶一提，人家本來想立刻趕過去打斷──』

「嗯？」

『是哲彥學長說希望再拍一下，人家才克制住的喔──』

「啊？是、是喔？」

不曉得真理愛想表達什麼。

『所以──人家現在──是在發飆喔。』

「妳很可怕耶。」

我掛掉電話。

好，趁小桃還沒來，先逃吧。就這麼辦。

於是，當我調頭打算爬上石階時──在泳裝外面穿了透膚洋裝的真理愛正氣勢洶洶地站在那裡。

「末晴哥哥，人家不會讓你逃掉喔！」

「呃！」

「嘿！」

唔哇，她撲過來了！

「放～～手～～啦～～小桃～～！」

「不要！人家也要坐在哥哥腿上～～！」

「何必計較嘛！」

「誰教你們要那樣～～！」

「桃坂學妹！適可而止！」

唔，連白草都加入戰局了。

「我真的受夠妳三番兩次攪局了……別想再胡鬧下去！我要讓妳一頭栽進海裡！」

好的，我怕了，拜託別那樣，因為真的會死人。

「不不不，小白！那不是鬧著玩的！」

「那是人家要說的台詞，白草學姊！即使人家有好脾氣，也不會再容忍妳繼續為非作歹！」

「為非作歹？誰啊！」

「就是妳！」

兩個人隔著我扭打起來。

「妳、妳們停一下啦！」

被夾在中間的我出面調停——

「啊。」

我失手碰到真理愛的胸部了。

雖然不到黑羽的尺寸，也還算長得有料的上圍——照理說是這樣才對。當我用手肘頂到，正覺得好軟的那一瞬間——真理愛的胸部就移位了。

「…………」

疊了三層的胸墊從泳裝縫隙跑出來。

真理愛在左右胸部大小不對稱的情況下愣住了。

該怎麼說呢，我覺得自己目睹了現實世界的殘酷。

由於今天來的女成員全都身材姣好，使差距格外明顯。

白草是腿長又凹凸有致的模特兒體型；玲菜穿了寬鬆T恤卻還是藏不住底下的豐滿胸脯；繪里小姐沒有穿泳裝見人，可是從出門上街的打扮也能感覺到她是個身材不錯的成熟女性。

反觀真理愛雖然十分可愛——唔，我不忍心繼續說下去！

太過悽慘的光景讓在場所有人都沉默了。

「…………」

「…………」

「…………」

「…………妳別在意。」

我是想替真理愛打氣。

當然她不可能這樣就提起精神。

「人家要殺掉末晴哥哥然後再去死～～！」

「冷靜點～～～小桃～～～～～！」

結果風波一直持續到玲菜攔住真理愛、哲彥跑來調停才結束……

＊

另一方面，東京，志田家──

「♪～～♪～～」

擺在客廳的三十二吋電視正在播放這次群青同盟拍攝宣傳片要用的示範影片。

平時電視機前有沙發，但現在靠到客廳旁邊以確保寬闊的空間。

黑羽就在那裡努力練習舞步。

「呼……哈！」

朱音注視著喘氣流汗跳著舞的黑羽。

朱音手裡拿著鼓棒，配合音樂輕輕敲在木桌上，打起節奏很是熟練。

「黑姊，剛才妳慢了一拍。」

「嗯，我知道了。」

舞步已經進入即將練成的階段，因此黑羽沒有停下影片。她一面將跳錯的部分記到腦裡，一面跳完整支舞來提升精確度。

「——♪」

樂曲結束，黑羽擺定姿勢。接著她深深吐了口氣，抓起準備好的毛巾擦去汗水。

「如何，朱音？」

「除了剛才我說慢一拍的部分，感覺都不要緊。剩下的問題在於身體是否可以一邊唱歌一邊跟上舞步。」

「嗯，也是。我感受到的跟妳一樣。」

「不愧是黑姊，居然能在幾天內練到這種水準，厲害。」

「……嗯，畢竟我跟哲彥同學講好要把舞步練成。」

假如舞跳得最爛，就禁止替末晴惡補功課。

被對方這麼說，黑羽實在馬虎不得。

「還不只這樣吧？」

「嗯？」

「黑姊不只在練舞，還有幫晴哥製作考題對吧？」

「……原來妳知道啊。」

「蒼依說黑姊到深夜都還沒睡。」

「……哎，我就像小晴的姊姊一樣啊，他真的很需要照顧，是吧？」

「明明你們正在吵架？」

「那碼歸那碼，這碼歸這碼。」

「……黑姊果然厲害。」

「沒那回事喔。」

「畢竟，晴哥現在或許玩得正樂。」

「……………」

黑羽當場僵住，肩膀隨之顫抖。

「感覺他大有可能趁黑姊不在，就把功課晾在一旁。何況晴哥是色胚，感覺他會對其他女生起色心。想到這裡，我就沒辦法像黑姊這樣犧牲奉獻。」

「呵呵……」

黑羽藏起表情，發出笑聲。

「呵呵呵呵……」

「黑、黑姊……？」

「不、不會有那種事吧……？小晴也在努力才對啊……妳、妳覺得呢，朱音……？」

「照晴哥的個性，我認為他正在玩。黑姊覺得呢？」

「…………」

「…………」

「…………」

「…………」

「…………呵呵呵呵呵呵呵呵呵呵呵呵！」

朱音悄悄來到走廊，然後迅速操作起手機。

「蒼、蒼依？抱歉，在社團活動時打給妳。可以的話，希望妳能盡早回家，我一個人沒有自信攔得住黑姊。」

「呵呵呵呵呵呵呵————」

「咦?妳問狀況有多不妙?……非常不妙。用口頭沒辦法說明的地步,非～～～～～～常之不妙。」

「呵呵呵呵呵呵呵————」

朱音掛斷電話後,就將心思從黑羽的詭異笑聲轉開,仰望著應該與末晴在沖繩共有的藍天嘆了氣。

＊

跟真理愛僵持後過了三十分鐘——

大家決定換個心情來討論宣傳影片，話題才總算轉往有建設性的方向。

在外頭嫌熱，因此所有人聚集到客廳，由哲彥負責主持。

「幸好氣象預報說這三天都放晴。所以嘍，我是想在沙灘上拍宣傳影片。不過砂質太軟，要跳舞似乎很難站穩。我打算搭個簡便的舞台，有異議嗎？」

這傢伙還記得要確認砂質啊。

這麼說也對，剛才走在沙灘時比想像中還要步履維艱，那樣連我要表演舞蹈都會覺得吃力。如此一來，姑且不提受過舞蹈訓練的真理愛，黑羽和白草應該就難辦了。

「舞台你要怎麼張羅？」

我舉手發問。

「我會在今天之內張羅完。應該用不著照明，所以靠陽光就好。拍攝用的攝影機我剛才交給玲菜了，不過還要再租兩台，正式開拍時連我和末晴在內，預計要從三個地方取鏡並剪輯。同時我也借了一套音響設備。」

「喂喂喂，只拍攝跳舞的部分，聲音用後製的會不會比較好？」

我們幾個是外行人，感覺連喇叭的角度要怎麼擺都搞不定。

然而聲音用後製的話就不必在意音響。

像音樂宣傳片也是用這套方式製作，之前迷幻蛇那部片就是先在錄音室錄歌，再跟影片合成到一塊。

「我也有想過這樣的可行性，哎，多做幾種嘗試而已啦。音效好，跳起舞來才比較帶勁吧？反正唱歌也可以分現場收音版和後製版兩種，並不會白做工才對。」

兩頭嘗試說起來是好聽，某方面而言卻等於兩頭燒。哲彥說他求的是掌握以及提升同盟成員的水準，這次與其視為正式錄製，當成練習應該比較好。

「布置場地的人員呢？」

「預計由我、末晴、玲菜跟志田的幾個妹妹處理……人手被志田的讀書會分走就難過嘍。」

「小蒼和朱音肯定會有空，不過你要認清她們是國一女生再派工作喔。重的東西要由我來搬吧？」

「那還用說。」

哎，哲彥對玲菜還是有他好心的一面。畢竟來幫忙的是女生，他應該不會勉強她們做粗活。

「關於讀書方面得看志田多帶勁了……明天我會看動工情形，假如舞台搭不好，就另外召集人手，趕在後天一大早完成。可以的話，我希望只靠社團成員來出力，大致上是用這種方式靈活調度。」

哲彥依舊對黑羽有顧慮耶。不過，他跟黑羽動真格吵架的話，我絕對無法勸阻，所以能這樣倒是謝天謝地。

「對了，服裝要怎麼安排呢？」

真理愛發問了。

身為表演者自然會在意服裝吧。雖然說泳裝被打了回票，主事的仍是哲彥，誰曉得會被要求穿什麼。

「由於有尺寸的問題，我還沒準備。服裝就請三個表演者明天去買。繪里小姐，能麻煩妳開車嗎？」

「咦～～我明天不能喝酒嗎～～？」

啊～～太陽都還高掛天上，繪里小姐就已經喝茫了……

「繪里小姐要去接志田家的姊妹，到時就請帶著可知與真理愛一起去，回來的途中再去買衣服，行程是這麼規劃的喲。」

「懂了～～那我從下午就可以喝酒嘍～～沒問題沒問題～～」

原來判斷的基準是能不能喝酒嗎……帶隊者這樣行不行啊……我總覺得擔心起來了耶……

「另外要確認的是——妳們倆舞步的熟練度吧。先跳一次給我看好嗎？」

哲彥的目光轉向白草和真理愛。

一瞬間，白草露出緊張的神色。真理愛大概看在眼裡，就率先站了起來。

「那由人家先表演。」

跳舞需要寬敞一點的場地，我們所有人就來到了露臺。

根據白草的說法，舉辦戶外派對時用的折疊椅和桌子都放在倉庫，露臺現在只有寬敞空間，沒擺任何東西。

露臺地板是混凝土，陽光這麼強難免會燙。

我們穿了露臺出入口備有的涼鞋所以不礙事，可是要跳舞當然只能脫掉。

我轉開出入口旁邊的水龍頭。這個水龍頭似乎是為了讓人從沙灘走上露臺時能夠先洗腳而設置的。

我使勁將桶子裡裝滿的水潑到露臺。

水分一口氣蒸發，地板便相對冷卻下來。

潑一次水好像不夠，因此我重覆了幾遍。

「怎麼樣，小桃？這樣行嗎？」

「非常謝謝你，末晴哥哥。這樣就夠了。」

哲彥則在這段期間操作手機，把樂曲備妥。

戴上耳掛麥克風的真理愛脫掉涼鞋，站到露臺中間。我們移動至屋簷下的蔭涼處，等著真理愛表演。

咕嚕──我似乎聽見了口水吞嚥聲。

不愧是真理愛，明明只是閉眼睛站著，卻有股氣勢。現在她一身泳裝外加透膚洋裝的可愛裝扮，現場卻瀰漫緊張感，還無法移開目光。

「那我要放音樂嘍。」

哲彥說完就點擊手機。

「♪～～♪～～」

從前奏就聽得出是流行樂兼可愛曲風，稍有復古感的旋律及歌詞，據說是意識到懷舊主義者而寫的。正因如此，即使沒搭配影像也能讓「夏天」、「偶像」這些詞浮現於腦海，直擊人心的好曲子。

這首曲子聽說是哲彥透過總一郎先生拿到的原創曲。

有個三人偶像團體原本規劃要唱這首歌出道，連宣傳影片都製作好了，發表的前幾天卻在推特發現站中間位置的女生有男性交往問題，而且對象還是小有名氣的男偶像，風波鬧大就緊急停售而遭到封藏了——據說是這樣的一首問題之作。

哲彥在廣告比賽當時，似乎跟總一郎先生要了能讓女成員表演唱歌跳舞的曲子。照哲彥的說法是：「聽完可知的戰略就覺得廣告比賽會贏，所以這只是先安排下一步罷了。」

然後，發掘出來的曲子就是這首《樂園ＳＯＳ》。

歌詞唱的是少女來到夏日的海邊，接連認識了兩名帥氣男子，還被積極追求而猶豫不決到最後——

『怎麼辦！夏天的戀愛要做出決定！Ｓ、Ｏ、Ｓ！樂園ＳＯＳ！』

就接上這樣的副歌。

還有，第一段和第二段歌詞是由不同的男性展開追求，主歌及導歌會唱出女生受到男性用各種方式獻殷勤而小鹿亂撞的心境。

（該怎麼說呢，好有少女漫畫風味的歌詞……）

因此，這首曲子和舞蹈的重點，一言以蔽之就是要可愛！

深陷戀愛而心慌意亂的女生怎麼可能不可愛。

以這點來說，真理愛——發揮得高妙無比。

『怎麼辦！夏天的戀愛要在此決定！Ｓ、Ｏ、Ｓ！樂園ＳＯＳ！』

目前唱到第二段的副歌，她真的很懂。

瞧，比如這個雙手湊到臉頰上的慌亂舉動，有夠會的！啊，揮手一笑是她臨場做的隨興發揮，居然還拋媚眼！

真理愛完全是在計算怎麼表演看起來才可愛。計算過了頭，甚至有獻媚的感覺。

惺惺作態到這種地步，應該會有受女性反感的危險，不過相對地就能討好男性。真理愛是在權衡兩者以後，計算出這首歌要強調做作的舉止比較合拍才這麼表演，所以她斷然沒錯。

歌唱實力當然也在水準之上，唱得可愛優先於唱得好。我還覺得這是用耳機聽了會讓人心醉神迷的唱腔。

有理解譜曲者的意圖，提供所需的表演。這正是職業風範。

「……讓各位見笑了。」

歌曲結束後，真理愛便提起洋裝裙襬行禮。

「「「噢噢噢噢噢噢！」」」

我們鼓掌回應她那無可挑剔的表現。

「不愧是小桃，才幾天就能達到這樣的完成度！有一套！」

「好厲害！我第一次實際體會到，桃仔是個女演員！」

「沒什麼好修正耶，反倒是整體成員的平衡比較有問題。」

「真理愛！妳是世上最可愛的喔！」

觀眾這邊掀起讚不絕口的喝采，真理愛則理所當然似的一派優雅。

回禮的她並沒有洋洋得意就來到蔭涼處。

「那麼，接下來換可知。」

「…………」

白草她——臉色蒼白。

雖然說是在蔭涼處，明明有蘊藏熱氣的濃濃海風吹拂……她卻在發抖。

「小白……妳沒事吧？」

她似乎聽到我的聲音才回過神來。

話雖如此，光是應一聲「嗯」好像就讓她費盡心力。

「哲彥，急著要她在小桃後面表演，會不會太苛刻？」

白草會發抖也難怪。

剛才真理愛的歌藝和舞藝都是職業等級，外行人接在後面表演會非常難受。

「……哎，這倒也是。」

哲彥意外爽快地答應了我的提議。

「那大家去游個泳改換心情吧。還有，可知先在我跟玲菜面前表演就好——」

「——我可以！」

白草信誓旦旦地打斷哲彥說的話。

可是……剛才那種口氣不太妙，聽就曉得她沒有信心卻在勉強鼓舞自己。

不過白草遲早要表演，即使延後也有可能加重壓力。

擔心歸擔心，我也沒辦法反對，只好靜觀其變。

白草站到露臺中間。於是——音樂開始了。

「♪～～♪～～」

我們默默看著白草表演歌舞。

「唔……！」

她在緊張，嗓音生硬，動作也生硬。緊張傳染過來，甚至連觀眾都覺得難受。

不過她的歌與舞步都記得很熟，明明緊張，卻沒有半點失誤。

白草平時表現得像無所不能，但我認為她的本質是一絲不苟的努力者。

然而——那種一絲不苟的認真態度，現在卻成了最大的缺點。

歌曲結束。

大家拍了手，卻多少散發出遲疑，應該是因為每個人都發現有問題。

「可知。」

「……怎樣？」

「妳啊，表演得不可愛。」

「唔——」

哲彥這傢伙依舊不留情面。

但是——他說得對。儘管令人同情，事實正如他所言。

拍這部宣傳片的先決條件是可愛。倒不如說，就算歌藝差一點或舞步有錯，只要跳得可愛就無妨。

白草唱歌相當精確，舞步也是。就連稍微擺脫生硬感的後半段，那種「精確感」也傳達給我了。

然而要命的是，那並不可愛。

與其用可愛來形容白草，她的外貌和體型本來就稱得上美女。或許是過去受到霸凌的關係，不留破綻的身段和舉止讓她習以為常，使得她既俐落又酷。那處在跟可愛相反的另一個極端，怎麼看都會變成帥氣。

「！——真抱歉，我就是表演得不好！」

白草撂下近似死心的台詞，反觀哲彥則是一臉淡然。

「錯了。我不是嫌妳表演得不好，而是說妳表演得不可愛。」

「真抱歉，我就是不可愛！」

「跟妳說過我不是那個意思了吧。」

這樣不行，加上白草不信任哲彥，讓她的倔脾氣產生了負面效應。

所以我插話了。

「小白，哲彥要表達的意思，是希望妳能將歌曲和舞步表演得讓人覺得可愛。」

「……小末。」

「妳是個美女，只要是我們學校的人都明白這一點。妳還把歌與舞步都記得很熟，明明妳對雙方面應該都不熟悉，才幾天就能練成這樣，我認為很厲害。」

「……是、是嗎？」

哦，她的心情似乎稍微好轉了。

臉上有恢復神采。

「看了小桃的歌舞，妳不認為那是裝出來的嗎？」

「……我認為是。」

「考量到這次的歌曲，她那樣表演才是對的。或許妳會不好意思，但我認為表演出那種感覺是必要的。」

「原、原來如此……」

白草嘴裡喃喃有詞，正在動腦思考。

老實說要表現得可愛，我認為捨棄自尊心是最能接近正確解答的路——然而每個人對此都會有自己的一套，所以我說不出口。

哲彥看了手錶。

「現在是三點，撥一個小時在海邊玩，從四點開始練習好了。末晴和真理愛要留在客廳念書，拜託你們多提升學力，討志田歡心，讓自己獲得自由的時間。玲菜，今天由妳陪讀。」

「沒辦法嘍。」

「……嗯？」

我偏過頭。

「玲菜是一年級吧，她怎麼可能教二年級的功課？」

「要說的話，沒學過的部分玲菜當然教不了你，但是你的程度必須從一年級的範圍開始複習。還有我先聲明，玲菜的學力鐵定比你高喔。」

「我並不是對玲菜有意見啦……原來她腦袋很好嗎？」

「她可是從入學以來就始終位居全年級第一，畢竟是特殊優待生。」

提到會特別優待進我們學校的學生，據說學力要在全年級十名以內。

「真的假的！欸，不會吧？玲菜，哲彥是在唬人對不對？」

「大大，難道你把我當成傻瓜了？」

「妳跟我屬於同類吧？」

「不好意思，被大大當成同類真的讓人受不了，請不要講這種話。」

「妳～～這～～個～～人～～喔～～！」

我擰了玲菜的臉頰。這個學妹，實在學不乖耶。

不過……我懂了。

我們學校基本上不允許打工，因為是升學取向的學校，課業第一。

所以玲菜只能靠包辦萬事這種詭異的方式來賺錢。特殊優待生在打工這種事要是被校方知道，應該就完全出局了。

但是當包辦萬事的幫手，勉強還可以過關。

……嗯？這算勉強過關嗎？勉勉強強——不對，照樣會出局吧？

說不定她有什麼理由，等安頓下來的時候再問問看好了。

「說到這個，哲彥學長的成績好嗎？」

我回答了真理愛的問題。

「啊，這傢伙一向維持在五十名內喔。跟小黑或小白比就位居後段了吧？」

「畢竟我不太用功。」

「那為什麼成績可以維持在前面呢……？」

哲彥不以為然地說：

「我會摸索老師的思路來預測考題啊。嗯，大約可以猜中八成，所以雖然考不到榜首，名次也能維持在前面。」

「你為什麼不把這種才華用於幫助社會大眾啊……」

「別蠢了，幫助社會大眾根本沒屁用。你自己想想，有哪個偉人的生平事蹟稱得上聖人？人都是有能力自救又自甘墮落啦。」

我聳聳肩，哲彥就把話題帶回去了。

「那麼，我們五點開始煮晚餐，手邊有空的人就負責打掃，完畢。有異議嗎？」

「無異議！去游泳吧！」

經過東拉西扯，我到現在都沒有好好游個痛快。

雖然不念書不行，又有宣傳影片要拍，但現在先忘掉一切，開心玩吧！

「玲菜，妳也不用顧著攝影，去玩啦。」

「行嗎，阿哲學長？」

「哎，反正有泳裝畫面不能外流的禁令，妳拍那些不能用的影片也沒意義吧。」

「既然這樣，我就去玩嘍。」

……哲彥這傢伙，對玲菜果然很好。

「呀呼～～！」

我率先下海游泳以後，除了繪里小姐以外的成員都聚集過來了。

起初遲疑要不要脫掉上衣的成員也因為看到我跟哲彥游泳就放開心胸了吧，大家一個接一個脫掉上衣進入海裡。

我偷偷注意還沒看過泳裝的成員……也就是玲菜。

而玲菜脫下T恤，解放出雄厚的實力。

……這樣啊，她是穿無肩帶比基尼嗎？儘管胸前的荷葉邊遮住了胸口……依然美不勝收。還有之前我都沒注意到，玲菜不只上圍驚人，也意外地有腰身，就連屁股都——

「嘿咻～～～～！」

「唔呼——！」

我挨中哲彥的金勾臂，從後腦杓摔到海裡。

「哲彥！你這小子搞什麼啦！」

「呃，我看你在發呆，是等著想挨打吧？是吧？」

「要這樣解讀的話還有誰敢發呆啊～～！」

「搞屁啊！」

我潛到海裡抓起哲彥的腳，把他整個人翻過來。

「那是我要說的台詞！」

「我要幹掉你！」

「那也是我要說的台詞！」

「這兩個人真夠蠢的喲……」

喂，學妹，我聽見嘍。之後再來修理妳。

哲彥把手勾到我的肩膀將脖子一勒，然後在我耳邊細語：

「喂，你趁這個空檔先去安慰可知啦。」

「啥？」

「那女的失去自信了吧。末晴，以前是你讓可知從繭居族狀態振作起來的對不對？去幫她打氣啦。」

這傢伙並不是不懂得關心人耶，基本上他只是不肯做。

像現在，他大概也是因為白草沒精神會妨礙到之後練舞，才對我講這些話……平時自己多善待旁人就好了嘛。

既然這次哲彥有理，我看就乖乖答應他好了。

「知道啦。」

我推開哲彥，然後游到在岩塊附近潛水的白草那裡。

「小白。」

「……小末。」

白草的長長黑髮濕答答地沾在臉上。

異於平時的氣質顯得新鮮、豔麗、嫵媚。

怦然心動的我不禁緊張起來。

「這、這個地方好棒耶！海水湛藍，還這麼有透明感！謝謝妳帶大家來這裡！」

白草睜大了眼睛，嚴肅的神情從臉上逐漸散去。

「……嗯。過去我都在想要帶你來這裡……『長久以來』。」

聽見白草說「長久以來」這句話，我心情一沉。

化為文字，只有區區四個字。

可是這四個字不曉得累積了多少的心意和歲月。

光想到這一點，我就湧上虧欠和惆悵的情緒，內心徬徨不安。

白草凝望著我。

水珠從下巴滴落，髮絲和肌膚都泛著光澤。

那實在太美，我也回望她的身影。

心跳正在加速。明明有海水讓身體降溫——脈搏卻始終沒有放緩。

但是這跟緊張不同。我不覺得害臊。

我只是——「被吸了過去」。

面對白草的純粹眼神，面對她直率的情意，我——

「末、末晴哥哥！」

震耳喊聲傳來。

回頭看去，真理愛正在海面上掙扎。

（……她溺水了！）

環顧四周，距離最近的似乎是我。

「等我過去！」

我用自由式一口氣趕到真理愛身邊，把她抱了起來。

「沒事吧，小桃！」

等等，咦……？

這裡踏得到底耶……

「喂，小桃……」

「騙你的♡」

「…………」

「…………」

「……我扔。」

我把真理愛拋到海裡。

「末晴哥哥！」

「我說真的，妳別開這種玩笑喔！非要我講狼來了的故事嗎！要分清楚什麼事該做，什麼事不該做！」

「因為～～人家想讓末晴哥哥過來嘛～～」

真理愛又朝我摟了上來。

纖瘦手臂勾在我的脖子上，柔軟的肌膚緊貼，雖說胸部尺寸小巧，觸感仍明確地抵在我的臂膀上。

……真理愛從以前就是情同妹妹的存在。就算她可愛得跟偶像一樣，哪怕她被稱作「理想之妹」而廣受大眾歡迎，我還是——

「小末，你怎麼笑吟吟的……？」

白草應該是擔心真理愛，從後面跟了過來，看到我跟真理愛之間的互動——卻勃然大怒。

「我沒有笑吟吟的啊。」

「……」

「我沒有非分之想喔。」

「你居然對這種身材單薄的女生也能起色心……！虧、虧你做得出這種放蕩的事……！」

「等、等一下啦！這是誤解！」

「白草學姊！能不能請妳收回身材單薄那句話！等等，末晴哥哥，你說誤解是什麼意思！」

「我就沒有那種意思啊～～！」

「你們男生……！你們男生……！」

「等、等一下……！唔啊～～！」

甩耳光的聲音響起。

我成了海面上的漂浮物。

＊

快樂的時光總是轉眼即逝。

一回神已經四點，到了該念書的時間。

我跟真理愛移動到客廳，翻開參考書和筆記，玲菜則在旁監督。繪里小姐在沙發上熟睡。

來到這裡第一次有了寧靜的時間，聽得見自動鉛筆劃過紙面的聲音。

老實講，由於我到現在一直情緒高昂，突然就覺得累了。

說穿了就是睏。有夠睏。

「玲菜。」

「什麼事？」

「付妳錢的話，可以放過我打瞌睡嗎？」

「唉～～！」

玲菜發出了天大的嘆息。

「你還是這麼差勁，大大。」

「嗯？這個學妹是怎樣？好囂張耶。」

玲菜應該是以為臉頰會被擰，就立刻從椅子起身跟我保持距離。

「大大，就算我放過你，你遲早還是得念書喲。用功多少，成績就會進步多少喲。要是我放過你，成績只會退步耶，你懂不懂啊？」

「不是啦，下海游泳後會睏嘛。感覺即使非得用功，又何必挑現在呢？」

「大大，你是不是翻開教科書就會突然想看漫畫的那種人？」

「驚！」

這女的是怎麼搞的，難道她觀察過我的房間？

「先跟妳說明，我是有鬥志要拚的！」

「……哦～～」

玲菜的視線冰冷。

我大力主張：

「我是有鬥志要拚的！可是！我的腦袋在抗拒！它不想讀書！」

「——大大，這種狀態就叫作『沒鬥志』喲。」

「啊，妳說得是，對不起。」

被學妹用完全就是在看待垃圾的眼神瞪會讓人灰心啦！

「唉，真虧大大這樣考得上我們學校。」

「因為我被小黑逼到差點連命都沒了……」

對念書表示排斥的我曾經被魔鬼教官黑羽折磨過一番。多虧她嚴加惡補，才有現在的我。

「唉～～大大，你要記得感謝志田學姊喲。肯費盡千辛萬苦幫你到這種地步，她根本就是聖人喲。」

「唔——」

就是啊……果然，我都在給黑羽添麻煩……

然而我卻跟她吵架了，心裡滿是罪惡感。

「請大大要效法桃仔喲。」

真理愛在專心寫數學習題。雖然還是國中生水準的題目……看自動鉛筆寫得這麼順，可以曉得她的學力正在飛快增長。

「人家寫完了。玲菜同學，可以麻煩妳批改嗎？」

「當然喲。」

趁玲菜確認答案的空檔，真理愛找我講話。

「末晴哥哥，記得你背劇本算快的，對不對？」

「啊～～對啦，沒有被嫌慢過。」

我得到角色就會好奇內容而馬上讀劇本。然後，在我對角色左思右想反覆讀劇本的過程中，就把內容記起來了。

「劇本的話，我不刻意記也還是記得住耶。」

「表示你的記憶力並不差啊。問題出在心理層面的抗拒吧？……人家覺得，他們那邊大概也有類似的狀況。」

「…………」

真理愛望向露臺。

哲彥跟白草正在露臺做舞蹈特訓，有說話聲和音樂聲流到這裡。

『跟妳說過這樣表演不對吧！瞪我是要怎樣！』

『我、我沒有瞪你啊！』

『總之妳放輕鬆，還有起碼要笑得自然一點，乾脆當成在獻媚也可以。』

『我、我認為自己有做到啊……』

『鏡頭拍到的畫面是這樣，妳看。』

『唔……』

正是如此。

哲彥從剛才就毫不留情地糾正，白草跳舞卻沒有改進的跡象。

哲彥糾正起來一針見血。換成我，大概也會點出類似的問題。

笑容，要笑到有獻媚的調調，要可愛，要放輕鬆——

這些字眼全都跟白草原本的走向相反。

要說的話，白草屬於冰山美人，冷漠、俐落、帥氣、美麗、高雅。

應該是因為這樣，跟我抗拒念書一樣，白草對《樂園ＳＯＳ》也有排斥反應。

這……不好受耶……

我忍不住起身。

「抱歉，給我五分鐘就好。」

「末晴哥哥？」

「大大？」

大概是因為我語氣認真，她們倆沒有阻止我去露臺。

「哲彥，雖然不知道能不能當示範，我也跳一次看看可以嗎？」

好歹我在劇團時代舞蹈方面也有受過不少訓練。既然我把經驗運用在表演《Child Star》了，說起來我對跳舞算是有自信。

我想白草到目前為止參考的是「出道前解散的偶像團體宣傳片」與「真理愛的舞」，假如這樣行不通，做其他嘗試應該比較好。

所以嘍，我才想到要自己跳一遍看看。

「可以是可以啦，不過你會嗎？這支舞你沒練過吧？」

「我想說大概幫得上忙，起碼整套舞步都練會了。歌我就不唱了，只跳舞而已。」

「嗯，行啊。你試試。」

「好。」

我對白草投以笑容，白草明顯鬆了口氣。

她應該是慶幸在我跳的期間至少可以喘口氣。被哲彥接連挑毛病，她的心裡似乎也累了。

我代替白草站到露臺中間。感興趣的真理愛和玲菜也來到露臺。

於是——樂曲開始了。

「♪～～♪～～」

沒錯，這首歌是少女沉浸於戀愛的故事。

對還不曉得戀愛之苦的少女來說，戀愛是至高的喜悅！未知的歡愉！

我要用全身來表現那種喜悅，還有心花怒放——！

「……欸，他也跳得太到位了吧。」

「……阿哲學長，我可以說句話嗎？」

「……怎樣？」

「……我心裡湧上了一股殺意耶。」

「……同感。我也想把末晴幹掉。」

「……怎麼說呢，我無法原諒自己心裡有那麼一瞬間覺得大大跳得很可愛。」

「……回神以後發現視野裡冒出末晴的臉，會讓人有絕望的感覺。」

「……就是啊就是啊。現在，我正在怨恨上天把才華交給了這樣的人喲。」

他們如此對話，一旁的我則傾注全力，舞步和漸入佳境的樂曲一同邁向最高潮。

接著當我擺出姿勢收尾──真理愛就鼓掌歡呼。

「太精彩了，末晴哥哥！除了男性跳會覺得噁心以外都很完美！」

「小桃，妳這是在誇我還是虧我？」

「人家在誇你啊。」

以真理愛的狀況來講，她是真心表達感想，所以要回應會有點頭大。

我試著問了縮在角落的白草。

「怎麼樣，小白？」

「……小末果然厲害。」

雖然她沒說出口，我卻聽得出「厲害的是小末」、「但我辦不到」的弦外之音。

（白草的心已經快要放棄了……）

如此感覺到的我決定跟她談一談。

「小白，妳聽我說，我一直到前陣子不是都因為心裡有陰影而無法跳舞嗎？」

「……嗯。」

「但是我現在能跳了。當時讓我又能跳舞的契機，其實是很細微的一個念頭，那就是『自己為了誰而跳』。」

「為了……誰……？」

「小白，有沒有哪個人是妳想展現舞藝的對象？有的話，妳總不會繃著臉，而是會笑給對方看吧？」

「啊……」

白草睜大眼睛，靜靜地點了頭。

「嗯，我會希望笑給他看。」

太好了，白草似乎坦然接納了我的建議。

「即使有空窗期，我本來就訓練了好幾年，所以表面上還是設法拿出了成果。不過妳以往頂多上過舞蹈課吧？」

「說得是呢……」

「那麼，跳不好是當然的，妳根本不必贏過小桃。剩下一天多的時間，盡力而為就可以了。就算拿不出成果，要負責的也是這傢伙。」

我用拇指比向哲彥，他一臉不滿卻沒有回嘴。

「——以上，就是練舞前輩給妳的建議！那我要回去念書了！」

其實我也想把白草教到會為止，不過每個人各有本分。我當過職業演員，對於堅守本分就有強烈的意識。

這次的導演並不是我，所以在這個場合，我認為自己要點到輒止。

「小末……謝謝。」

（小白，妳還是笑得出來嘛。）

就是這樣，這樣就對嘍。跳舞時，希望能看到妳這張笑容。

不過當著大家面前，我當然講不出這種做作的台詞，只在心裡嘀咕後就吞了回去。

我回到客廳，真理愛和玲菜就一起回來了。

「大大，原來你也懂得教人耶……」

「喂，妳說這話是什麼意思，玲菜？」

這個學妹，果然完全把我看扁了吧？是不是管教再嚴格一點比較好？

哼哼——真理愛從鼻子發出得意的聲音。

「末晴哥哥在演藝方面就是無敵啊。」

「為什麼是妳在自豪？還有妳聚焦演藝方面，聽起來像是我做其他事就無能耶。」

「畢竟，人家說的是實話啊！」

「咦！哪部分是實話？有能的部分？無能的部分？還是兩者都有？」

真理愛迅速挪開視線，然後歪頭露出可愛的微笑。

「我是在叫妳回答啦！用笑容可敷衍不了我！」

而玲菜用眼角餘光看著我們嘆了氣。

「我稍微能理解桃仔為什麼會仰慕大大了喲……唉。」

「妳怎麼了，玲菜？」

「我在想同樣是學妹，為什麼大大在我面前就只會展現蠢的那一面。」

「玲菜，人都有優點和缺點，妳光是看缺點也不會有益處喔。」

怎麼樣？我講的話不錯吧？這樣的回應有學長風範吧？

我瞥了玲菜一眼，就發現她大刺刺地對我嘆氣。

「大大暗自得意的嘴臉太明顯了，我消受不起喲。何況那又沒有回答我的疑問。」

「我～～說～～妳～～喔～～」

「反對暴力——！」

東拉西扯就把念書的時間耗掉了。

一回神已經五點。

到了差不多該開始做飯的時間。

哲彥環顧眾人，做出指示。

「那麼，由於要較量廚藝，可知跟真理愛進廚房就位吧。」

「好的，請大家期待人家的手藝！」

「………」

「玲菜負責打掃浴室。」

「我知道了喲！」

「末晴負責客廳周遭的雜務，比如端盤子，還有協助烹飪。不過，她們姑且是在較量廚藝，你要保持中立。」

「懂啦。」

「我會去向可知的老爸報告。他有交代每天要報告一次。」

「那我去準備酒嘍。」

直到剛才還在沙發上呼呼大睡的繪里小姐似乎恢復精神了，還打算喝更多的酒。

「請繪里小姐把酒收起來……！」

「討厭啦～～哲彥小弟，發脾氣就浪費了你這張帥臉喔～～」

「喂，末晴，來幫忙。我要把這個酒鬼從二樓推到海裡。」

「難得聽你講這種話耶。」

以哲彥的情況來說，一旦發飆就沒什麼好談，也沒在怕的，所以他一般是不會叫我幫忙。他會叫我幫忙是因為希望我出手阻止。換成平常，他應該會二話不說就把人扔到海裡。

這就表示……

「欸，難道你不擅長應付繪里小姐這一型的人？」

話說我以往都沒看過哲彥跟年長的豪爽大姊混在一起。

「不會啊。」

「哦～～」

「欸，現在不是聊天的時候。夠了，趕快動起來，要不然會拖到開飯時間喔！」

哲彥拍手催促大家。

雖然感覺跟平時的氛圍不同，但哲彥很會掩飾表情。

我沒有掌握到什麼要點，大家就各自散開了。

因為我被分配留在客廳，就決定先從打掃環境（主要是回收繪里小姐喝完亂放的酒）做起。

「末晴哥哥，等那邊收拾告一段落，請過來幫人家。」

「可以啊。我要幫什麼才好？」

「——你只要緊緊擁抱人家，不讓彼此分隔兩地就好。」

「咦！妳突然扯這什麼跟什麼啊！」

毫無預警會嚇到我啦！

「有一半是開玩笑的。因為要煮相撲火鍋，需要切蔬菜跟揉雞肉丸，人家需要幫手。」

「嗯，我明白了，不過為什麼只有一半是開玩笑？」

「改說有一成是開玩笑比較好嗎？」

「問題不在那裡啦～～～！」

真理愛這種無愧於心的態度依舊誇張。要吐槽的地方太多，我都覺得累了。

想是這麼想，跟真理愛講話還是很愉快，她做人又討喜，相處起來自在輕鬆。畢竟真理愛清楚我的脾氣，即使用話術撩人也不會撩過頭，還有妙語如珠的智慧能讓我常保新鮮感。

她似乎對我的反應感到滿意，就心情絕佳地把雞絞肉遞過來。

「末晴哥哥……幫我揉♡」

面對聽起來倒也像在賣俏的要求，我聳聳肩，戴上烹飪備料用的手套。

總覺得像這樣跟真理愛互動──好自然。

我一邊讓思考運作一邊揉起雞絞肉。

跟真理愛相隔六年重逢以後並沒有經過多久時間，我卻不覺得有隔閡，應該說彼此很快就找到了合適的定位。

在我看來，真理愛同時具備「太有出息的妹妹」與「問題兒童」的定位。不過深入挖掘的話，也會有「搭檔」的感覺。

這大概是同為演員的認知所致。

無關於年長或年幼，我心裡就是把真理愛放在「戰友」兼「拍檔」的位置。

換成黑羽，那就不同了。黑羽她——給我的感覺是「照顧者」。

她會在不知不覺中把我的缺陷補回來，或者提供援助。因此我對於黑羽就有強烈的「恩情意識」。

單純來講，我對強弱關係的認知是：「我＝真理愛」、「我＜黑羽」，無論對話或立場，我覺得都會自然感受到彼此是遵照這套強弱關係在互動。

如此一想，我好像釐清為什麼自己跟黑羽這次吵架會拖久了。

至少我認為這次錯在黑羽。從強弱關係而言，這就變成反過來了。

以往有錯的幾乎都是我，所以黑羽才會站到優勢的立場。從關係來看跟平常一樣，所以我可以毫無心結地道歉，黑羽也能包容，然後和好如初，傷口很淺。

既然跟平常相反，心裡總會不舒坦。錯在黑羽，立場上讓我占了優勢，彼此的關係就變得不自然。

……真是為難。

思考至此，我忽然想到。

那我跟白草的強弱關係又是如何？

目前來看……算彼此對等？

六年前的話是我比她強。不過讀高中以後，在發現她是阿白之前，傾心於她的我應該弱得一面倒吧。

經過這陣子的劇烈變化，我跟白草的立場仍未理出頭緒。

我對白草的心意變成什麼樣了？初戀還保留著嗎？跟我對黑羽的心意是否兼容？跟黑羽吵架有造成影響嗎？

要思考的事情可多了，卻每一項都曖昧不清，而且我也不覺得有必要釐清。

我認為保持一團亂才是真誠的情緒。

不過，正因如此——

我該怎麼對待白草才好呢？

「……呃，奇怪，小白人在哪裡？」

明明我收拾空酒罐的時候她還在啊……

「剛才白草學姊什麼都沒說就從玄關離開了耶。」

「……？」

明明要比廚藝，她是怎麼了？

真理愛已經在逐步著手，我卻連白草的菜單是什麼都沒有聽聞。

「我去找找。」

「……末晴哥哥。」

「怎樣？」

「……對於比廚藝這種事，人家並沒有執著。」

「嗯？怎麼事到如今跟我提這個？」

「……不為什麼。」

我不太懂她的意思，卻「噢」了一聲就從玄關離去。

話雖如此，我對這附近的地理環境不熟。

要提到有印象的地方，頂多就是白草穿泳裝給我看時——有石質長椅的那片沙灘。

我想不出其他著落，就先到那裡看看。

然後——她在。

白草癱坐在沙灘上。

「怎麼辦……」

她完全沒有注意到我，好像喃喃自語在說些什麼。

「怎麼辦……好不容易的機會……狐狸精不在，總算讓我掌握到這一天……明明我打算拚命展開攻勢的……」

我聽不出白草在說什麼。試著靠近一點豎起耳朵吧。

「好不容易問出小末喜歡吃什麼，我練習過才來的……可是，為什麼會變成煮火鍋呢……我根本不曉得火鍋要怎麼煮嘛……加水煮就好了嗎？煮過就行了嗎……？食譜太多，種類也太多……我到底要怎麼辦……」

一開始不容易聽清楚，豎起耳朵就聽見了。

不妙。從各方面而言都大事不妙。

最不妙的是白草的精神狀態。

原本她就因為跳舞被哲彥折磨了一番，應該相當疲憊。

接著還要不情願地比廚藝。而且我大略聽下來，白草對火鍋料理似乎不太熟悉。一般起碼都會在家裡看過煮火鍋的光景，或許她完全沒有那種經驗。

仔細一想，白草是家境超級好的千金小姐。聽說她母親在生產時過世了，父親則是大企業董座。這樣的話，感覺她少有機會吃家常菜。

既然如此，她到底為什麼會答應較量廚藝？還有，決定比火鍋時又為什麼不說自己不會做？這就是問題了。

不過……白草大概是因為膽小和自尊心，沒辦法說出口吧……這我可以想像到。

她不想示弱，她說不出自己辦不到。

我就是了解這一點，才覺得自己非得伸出援手。

「小白。」

我從白草背後輕聲搭話，她回頭到一半就連忙打住，用針織衫的袖子擦拭臉頰一帶。

想到白草或許是在哭，我就心痛。有意隱藏淚水的模樣令人憐愛。

「什、什麼事，小末……我想要一個人獨處耶……」

白草背對著我逞強，含淚的嗓音卻讓我悲痛，反而無法擱下她不管。

「……小白，我問妳喔，妳在我面前也要逞強才行嗎？」

「…………」

「妳是因為不想對大家示弱才在逞強，我有說錯嗎？」

白草默默不語。但是這時候不講話，跟點頭承認是一樣的。

「我認識以前的妳，那現在就沒必要對我隱藏吧？我知道喔，以前妳連走出家門都會排斥，還因此哭過不是嗎？」

繭居在家裡讓白草只覺得外頭是座恐怖的迷宮。

所以當我硬是想帶她出門時，她就在門邊怕得哭出來了。

「……現在的我跟那時候不同了！」

白草使勁抓起沙子。

「我變堅強了！堅強得可以跟你並肩站在一起！」

「……小白。」

堅強的人並不會說自己堅強吧。

何況白草用來舉證變堅強的事例是「可以跟我並肩站在一起」，令人心酸。可以明顯聽出她曾為了跟我並肩站在一起而努力，還下了工夫想變堅強。

「……小白，我不會說堅強與否不重要，但我認為堅持過頭是不好的。」

「小末……？」

我的話大概令她感到意外吧。

白草瞠目回過頭。

「假如妳會因為堅持過頭而受苦，那我就不希望妳堅持。當然了，或許太軟弱也是不好的，可是還有比堅強更重要的事啊。」

「小末，你想說什麼呢……？」

「我認為坦率是重要的一件事。妳無法對人坦率，在我看來就像自己勒緊了自己的脖子。」

「…………」

「小白，並不是塊頭大又有力氣就叫堅強吧？威迫別人，讓別人害怕，並不代表就是堅強吧？能承認自己有弱點並且坦率面對，不也是一種堅強嗎……？」

……沒錯。我不想看到白草勉強自己。

單純當同學時我並沒有發現，我以為她的個性就是又酷又具威迫感。

然而不是的。知道她是以前跟我要好的阿白以後，因為距離再次拉近了，我就曉得她是在勉強。

白草眼眶泛淚，好似用擠的才擠出聲音告訴我：

「我明白你想表達的意思…………可是我會怕。」

啊啊，總覺得她變得太漂亮一直讓我認不出來，但這副模樣就吻合多了。

這就是我認識的阿白……不，小白。

軟弱、膽小、固執。

美麗容貌及身材、聰明的頭腦、堅強意志與正經態度，生於超級富裕的家境。白草身上滿是令人羨慕的條件，卻總是膽小而笨拙。這並不協調，會讓人為了她提心吊膽，正因如此——我才無法放著她不管。

「小白，妳沒煮過火鍋吧？該不會就連火鍋怎麼煮都沒看過？」

「！你怎麼知道……！」

「剛才我聽見了一點。」

白草滿臉通紅，同時也意氣消沉。

「不行……我果然一點用都沒有……明明這一天是好不容易製造的機會……」

「還有，妳練習過煮我喜歡吃的菜才來沖繩的嗎？」

「你、你連這個都聽見了？」

「雖然斷斷續續的，但我有聽見。」

「唔唔唔唔唔唔唔～～！」

白草變得更加沮喪，還淚汪汪地趴在沙灘。

「妳在沮喪什麼？」

「……我明明是想什麼也不說就露一手的。」

白草似乎並不是在跟我講話。我只能聽見細微的聲音，嘀咕的內容就聽不出來了。

接著白草仍用聽不見的音量嘀嘀咕咕地自言自語，我就背對她，並且毅然說道：

「謝啦，小白！我很高興！」

「……咦？」

「妳居然會為了我，練習過烹飪才來，我好高興！光是能吃到妳做的菜就要感激了，妳居然還為我練習，真的要感恩才行！務必要煮給我吃吃看喔！」

「可、可是……明明要比煮火鍋……」

「那種小事怎樣都應付得了啦！所以呢，妳練了什麼樣的菜色？」

白草忸忸怩怩地在胸前撥起手指頭。

「…………炸雞塊。」

「我最愛吃的菜！光吃火鍋八成不夠，熱烈歡迎肉類參戰！不然妳負責做炸雞塊，小桃煮火鍋！就這樣說定嘍！有準備材料嗎？」

「姑、姑且有在剛才那間購物中心先買好……」

「那就沒問題啦！哲彥和小桃那邊，我會幫妳找個合適的理由，妳就不用放在心上，專注做料理吧！」

我伸出手，白草就在擦過臉頰以後握住我的手。

她起身拍掉屁股上的沙子，開口嘀咕：

「……我做不到的事，小末總能輕易辦到呢。」

「沒那種事啦，我可不像妳會寫小說喔。」

「你都會像這樣撇開自己的事，馬上就幫對方找到優點。小末，你總是能將莫大的勇氣和力量賜予固執、膽小又消極的我。」

夕陽好漂亮……

美麗大海、沙灘，還有目光純粹得近乎燦爛地望著我的白草。

太合了，實在搭配得太過完美。

這麼迷人的景象湊在一起，我無法不心動。

「小末……」

白草朝我這邊走過來一步。

「小白……」

我也不經意地朝她靠近一步。

這樣我們倆之間的距離便只剩一步。

無法從白草的眼睛移開目光。

又來了。「我又被吸引而去」。

難不成這就是所謂的夏日魔法——

……嗯？

我不禁回過神來。

這個詞好像聽過。

對了，之前提過夏日魔法——

『呃，就是平時八字都沒一撇的男女去旅行後……頓時……就像被人施了魔法一樣……』

『啊～旅行時興致一來，就自然湊成對的那種現象嘛。』

啊啊啊啊啊啊啊啊啊啊啊！

不就是小蒼說過的那回事嗎！

原來！這就是旅行魔法嗎！

厲害！太猛了，旅行魔法！我完全中招了！

……等等，後來小蒼是怎麼說的？

『就是那樣！末晴哥你千萬要注意，別變成那樣比較好。假如發生那種事肯定會後悔的。』

啊。

不會吧～～～～～～～

……後悔？我會嗎？

後悔的話是要後悔什麼？

……這還用說，後悔自己沒有選擇小黑啊。

現在我完全受了小白吸引，說不定這是因為我跟小黑吵架。當然，或許並不是那樣。

假如在這麼糊裡糊塗的情況下決定對象，就會後悔——

小蒼之前做出的結論便是如此。

不過，這樣好嗎？

明明小白離得這麼近，我卻——

嗶鈴鈴鈴鈴鈴！

有來電。真理愛打來的。

「喂？」

『末晴哥哥，你現在在哪裡？找到白草學姊了嗎？』

「有、有啊，找到了！」

白草似乎是覺得尷尬，就按著隨風飄逸的長長黑髮，一邊用手指轉圈圈將頭髮捲起來。

『人家煮菜已經滿有進度了喔。請你快點回來，還有事情要麻煩你幫忙。』

「我明白了！立刻就回去！」

說完我就掛斷電話。

「……妳有聽見嗎，小白？」

「……有。」

「……我們回去吧。」

「……嗯。」

回程，我們不知怎地沉默了。

但是並不會覺得不自在。

以往跟白草兩人獨處時，話題聊完就會有些尷尬，因為白草會給我莫名的威迫感。現在卻不一樣。

我走在前面，白草跟在斜後方。

白草什麼也沒說，揪著我的連帽衣下襬。

（啊──）

忽然間，「我覺得好融洽」。

就是這樣。我走在一步之前，白草跟在後面──這恐怕就是我跟白草適合的距離。我們在六年間變了許多，環境、外貌還有累積而來的經驗皆然。

不過適合的距離──或許並未改變。

透過連帽衣，從肩膀和背後可以感受到來自白草的信賴感，令我舒心。

即使不講話也彼此了解。我們倆之間有確切的情誼。

我懂了。以往白草肯定都是勉強要與我並肩齊步，或許反而造成了隔閡。

前面也好，後面也好，當中並沒有分優劣強弱。

就像縱使我在強弱關係上不如黑羽，也跟為人優劣無關。這兩者是一樣的。

就只是我們之間適用那樣的關係，如此而已。我只在乎自在與否。

這樣就夠了，肯定是的。

關於廚藝較量被含糊帶過這件事，頂多就哲彥有些傻眼，其他成員完全沒有抱怨。

而且我要求想吃炸雞塊，還說白草會做以後，大家反而都很高興。

於是大家圍在一起享用的這頓晚餐吃得實在開心。

真理愛煮的火鍋和白草做的炸雞塊都很美味，我們互相歡笑，互相戲弄消遣，時間一轉眼就過去了。

後來，所有人都在浴室享受了白草推薦的星空美景。成員們各自完成就寢準備後，又來到客廳集合時，已經過了晚上十點。

不過呢，晚上十點在旅行時可說是才剛入夜。

何況隨行監督的大姊相當豪爽，倒不如說她已經喝得爛醉，別說監督我們，都醉到需要我們來照顧了。

既然這樣，夜裡自然是越晚越熱鬧。

「啊，末晴哥哥，人家胡牌了。」

「啥！妳聽那張喔！」

「斷么寶牌四，滿貫八千分。」

「等等～～～！寶牌四是怎麼來的～～～！」

「真奇妙，寶牌都會自己來找人家♡」

「恐怖，桃仔超恐怖～～還以為是想靠吃牌斷么趕人下莊，結果胡這麼大～～」

「人家本身的最高紀錄有胡過寶牌十。」

「呃！藝人運氣真不是普通地旺……」

「呃～～斷么是不是二～八湊成牌型就算數？咦，還是聽雙頭才叫斷么？」

「小白，那個叫平胡。」

當我把點棒交給真理愛時，白草正在背後用手機學習牌型。

後來，唯一沒打過麻將的白草代替輸掉的我上場，結果就大發神威了，不過無妨。

總之我們玩得開心，玩得熱鬧，在歡笑間暢談了一番。

「末晴哥哥～～……人家可不可以磨蹭你的臉……？」

「這個女生在講什麼啊！離小末遠一點啦！」

「討厭♪人家還要跟末晴哥哥撒嬌♪」

「唔～～小桃，這樣好重～～話說我睏了～～讓我睡啦～～」

「那人家也要一起睡～～枕哥哥的手臂～～」

「桃坂學妹……假如妳還要繼續下去……」

「啊～～可知學姊冷靜點喲～～！……是說我就覺得奇怪，桃仔好像搞錯，喝到酒了耶。」

玲菜拿起真理愛旁邊的罐子確認。

白草就把那個罐子抓到手裡，聞了聞味道，然後舔了一口。

「桃坂學妹……雖然這是酒的罐子……不過，這裡面是水吧？」

「咦，桃仔……？」

「……………人家不懂妳們在說什麼耶。」

「桃坂學妹，妳喔……！」

「等等喲，學姊冷靜點～～！」

「看人爭風吃醋，再用單邊耳機聽夠high的音樂，超有意思的。」

「請阿哲學長不要用奇怪的方式找樂子啦！」

「啊～～～你們吵到我都睡不著了啦～～～！」

宴會就這樣持續到深夜，一回神都快天亮了。拖到這時候疲勞便一舉湧上，大家嫌回房間麻煩，都直接睡在沙發或地板上。

……所以嘍，即使到了早上，時間也已經要晚不晚，所有人還是在睡。

因此都沒人察覺手機接到了大量來電。

於是本來該去迎接的人沒去，不得已只好搭計程車來別墅的她們從玄關進來後，我們才總算醒了。

「哦～～你似乎玩得滿盡興的嘛，小晴……趁著我不在。」

我揉揉乾澀的眼睛，揚起嘴角的黑羽就把臉湊過來。

我有了這下子要死人的預感。

旅行進入第二天——

——志田四姊妹來了！

第四章 初戀之毒

＊

黑羽等人登場，使得睡在客廳的成員們紛紛醒來。

我抬頭望向時鐘——就發現十一點了。

（……啊～～）

我記得按照預定，原本是要在七點起床，然後做早餐、念書還有練舞。

呃～～……玩通宵的過程中，大家就聊到早餐吃不吃都沒關係……因為繪里小姐和女成員必須在九點半到機場，只要嚴守這項行程就好……理應是如此。

我們聊這些是在四點半左右。

然後，我以為有設九點的鬧鐘才睡覺——

「咦～～奇怪……已經十一點了？」

我睡眼惺忪地說，黑羽就把食指湊在下巴，還擺出蘊藏黑暗的笑容把臉湊過來。

「嗯～～？我覺得『奇怪』是我們要說的話耶，難道不是嗎～～？」

「啊～～也對喔～～……」

「那麼你是不是該先說什麼～～？」

唔……黑羽表面上有笑容，但這樣完全就是發飆了。

不過呢——

『是不是該先說什麼？』

這句話有點挑動我心中的怒火。

畢竟跟這句台詞類似的話，我也講過好幾次，可是黑羽只會想要敷衍我。

「哦～～妳講得出這種台詞啊……自己做過的事就置之腦後。」

「唔——」

「哦……怎樣？你是想跟我吵嗎，小晴……？」

黑羽被人稱讚像小動物一樣的眼睛變得橫眉豎目。

「哇～～～～！」

闖進我們之間的人是碧。

「黑羽姊！不可以在這種所有人齊聚的場合暴怒啦！」

「欸，碧！放開我！還有妳說我暴怒是什麼意思！」

「不是啦，妳現在不就暴怒了！」

「啊哈哈，很抱歉驚擾大家……」

向大家低頭賠罪的是蒼依。

「唔哇……」

注意到時間而臉色慘綠的是繪里小姐。

「抱歉～～我完全睡過頭了……」

她尷尬地搔著太陽穴道歉。

「黑羽小妹，對不起喔，我當帶隊者的搞成這樣。」

「啊……不會，沒那種事……」

聽年長的大姊道歉，黑羽似乎是氣消了。

「真的對不起喔。妳們是搭什麼交通工具來這裡的？」

「我對找地點不太有自信，就報上地址搭計程車過來了。」

「這樣啊，那費用由我來付。花了多少錢？」

「咦，可是……！」

哲彥在雙方講來講去時也醒了，就介入其中。

「啊～～繪里小姐，沒關係，錢我來付。志田，這次是我們有過失，我會用群青同盟的經費來付。司機有沒有開收據？」

「嗯，我有記得拿。」

「……OK。來，錢給妳。」

哲彥收下收據，把上頭的金額交出去。

關於我們捅的婁子，就這樣告一段落。

由於有很多人是初次見面，黑羽向大家介紹了妹妹們。

「這孩子叫碧，讀國中三年級。因為她是應考生，要跟小晴一起念書。」

「大、大家好，請多指教。」

剛才的粗魯舉動不知跑哪裡去了，碧變得像寄人籬下的貓一樣安分。印象中她還滿怕生的。

「她們倆叫蒼依和朱音，是雙胞胎喔，讀國中一年級。綁雙馬尾的是姊姊蒼依，綁兩束低馬尾、戴眼鏡的是妹妹朱音。」

「我是蒼依，今天謝謝各位的邀請，請多指教。」

應該說真不愧是蒼依吧，她十分客氣地融入了環境。

「……請多指教。」

相反地，朱音已經跟大家有點隔閡。這孩子與白草是不同層面的笨拙呢。

現場所有人一起鼓掌。

沒有人反對在這個開心的場合增加新同伴，氣氛當然是歡迎的。

「哲彥同學，現在行程是怎麼規劃的？」

哲彥一面回答「啊～～」一面搔搔頭。

「舞台要用的器材會從下午開始運來，首先得組裝那些設備。還有可知的舞必須再練一下。真理愛狀況很好，所以從昨天就先讓她開始念書了。」

「哦～～其他還有什麼事要做嗎？」

「其實原本預定要在去接妳們的時候順便張羅服裝，只好現在出發去買了。不過該怎麼安排呢……分成煮午餐和購物兩組，在煮飯期間盡快把服裝買回來吧。」

「啊，關於這一點……蒼依。」

為什麼這時候會叫到蒼依？

一行人都感到不解，蒼依就緊張地開了口：

「那、那個，我聽黑羽姊姊提到這次的事，在看音樂宣傳片的過程中對服裝有了想法……」

「哦～～」

哲彥興趣濃厚地看了蒼依的臉。

「呃～～我可以直呼妳的名字嗎？」

「好的，沒關係。」

「蒼依，麻煩妳把想法告訴我。」

「好的。穿泳裝的方案撤銷了對不對？然後現在要去買衣服，預計要買有許多綴邊的偶像風服裝吧？」

「嗯，沒錯。我沒有拿定主意，但是有那樣想過。」

「我們別用那種方式，穿普通的便服好不好呢？」

「！」

哲彥的臉色變了。

「……原來如此，與其胡亂打扮，那樣可以加強一般女生來海邊玩的形象，不錯。群青同盟的目標本來就不是當偶像，由普通高中生衍生出來的活動才是賣點。」

「沒有錯！從群青同盟的概念來想，我也覺得穿便服比較好！好厲害！居然只說了一點點就懂我的意思！」

在這方面，哲彥的直覺很靈光。

「好，那就不用出去採買了。服裝就從妳們帶來的便服當中決定，三個人應該需要考慮到均衡……蒼依，能不能由妳來選？」

「咦！我、我來選嗎？」

「提議的是妳，我也想見識妳的品味。」

蒼依抬頭瞄了我一眼。

一半希望我阻止，一半希望嘗試的表情。

這樣的話，我的結論當然不作他想。

「小蒼，妳試試吧，我也想見識。」

「末晴哥？」

「誰有意見嗎？」

我環顧一行人，氣氛反而是歡迎的。實際要穿服裝的三個人也陸續送上回應打氣。

「蒼依，妳要帶著自信去選。」

「畢竟會比自己做決定來得輕鬆，我很慶幸。」

「好像有意思呢。人家會期待妳喔，可愛的服裝造型師。」

蒼依個性內向，因此當自己受到注目、受到期待似乎就會不好意思。她滿臉通紅地低頭說：

「我會加油……」

用快要聽不見的音量回話就讓她費盡了力氣。

哲彥重新主持起現場。

「那麼肚子也餓了，先來煮飯！剛才抵達的四個人，一樓有準備兩個房間給妳們，麻煩擺好行李以後再上來。然後，我想看看志田的歌舞練得怎麼樣，我們到露臺吧。看完之後，再讓可知與真理愛加進去，希望中午前至少能試著合一次舞。」

「ＯＫ。」

「我明白了。」

「人家曉得嘍。」

要上台表演的三個人點頭。

「麻煩志田的妹妹們幫忙做個飯。記得菜色是咖哩對吧？末晴，麻煩你指揮。」

「了解。」

好不容易來到這麼棒的地方，希望用於享受的時間都不要浪費。

所以大家都趕緊動起來了。

話雖如此，午飯是吃我平時都在煮的咖哩，所以沒什麼好擔心。

令人在意的仍是黑羽的歌舞練得如何。

哲彥說黑羽練的成果要是不行，就不會讓她替我惡補功課。既然如此，這便是老師會不會從玲菜變成黑羽的分界線，我難免會在意。

我按下電鍋開關，一個勁地切起多達十人份的蔬菜，碧她們就過來了。

「我們也來幫你切。」

「得救了。碧，所以小黑練得怎麼樣？」

「你也去看看比較好吧？這段空檔，我們會接手幫你弄。」

「真難得……妳居然會這麼貼心……啊，我懂了，因為這裡有很多陌生人在吧？」

「囉嗦。乖乖感謝我然後去看啦。」

「好好好。」

「啊，既然這樣，碧姊姊也去看怎麼樣？之前妳為了準備模擬考，都沒有看過黑羽姊姊練舞吧？」

「哦，可以嗎，蒼依？」

「妳明明才叫我感謝的耶……」

我發完牢騷，屁股就被碧用膝蓋撞了。

「我之前都在陪黑姊練習，已經看膩了。你們一起去沒關係。」

朱音也在推波助瀾。

不過這樣一來，廚房的工作就全部推給年紀最小的雙胞胎了……

「乾脆大家一起去看吧？小蒼和朱音，妳們也沒看過小白和小桃的舞吧？」

我這麼邀她們，可是——

朱音默默地搖了搖頭。

這女孩在陌生人多的地方往往會自己築起高牆。碧只是會變得溫順，朱音卻有躲躲藏藏的傾向。

朱音的心情固然可以理解，但我覺得逐步改善會比較好。話雖如此，剛抵達別墅就硬要拖著她行動也怪可憐。

當我像這樣猶豫時——

「末晴哥、碧姊姊，要突然走進大家的圈子裡，我也會覺得怕怕的……我就跟朱音一邊做咖哩一邊在這裡看著……」

讓蒼依替我們操心了。

蒼依進入這種客氣模式以後也有她固執的地方，不會讓步。我和碧都相當清楚這一點，就互相使了眼色點點頭。

「我明白了。妳們想看的話，隨時可以過來喔。」

交代完，我們兩個就往露臺去了。

「♪～～♪～～」

哦，那三個人已經開始合舞了啊。

我們在廚房講話時，黑羽都一個人在跳舞。我幾乎沒看到當時她跳的舞，但是哲彥會立刻讓她們三個試著合舞，就表示成效在水準以上吧。

三人的站位是真理愛居中，黑羽在左，白草在右。

中間的位置會隨著舞步依序輪到，不過開場時站中間的才是招牌人物。從實力還有知名度來考量，由真理愛擔任是當然的吧。

『咦！不會吧，為什麼！我又遇見了那個人！這是偶然？還是必然？』

我站到哲彥旁邊看她們三個的身手。

真理愛果真舞藝高超，有過人的穩定感。

不過——

「志田不輸她耶……」

哲彥的嘀咕讓我點頭回應。

沒錯，黑羽也有不遜色的舞藝和丰采。

冷靜來看，舞步的洗鍊度應該是真理愛略勝一籌。兩個人跳舞的特質多少有差異，真理愛似乎是身為女演員的關係，演技略顯過剩，看起來做作；黑羽有高中女生的青澀感，有如班級辦跳舞活動時格外醒目有丰采的女生——這種業餘的調調恰到好處。因為雙方都有優點，可以說端看個人喜好。

然而歌藝——是黑羽比較突出。雖然我說不出好在哪裡，會傳入耳朵的卻是黑羽的歌聲。

唱歌對真理愛來說並非本業。即使如此，黑羽的歌喉與音質要高過做任何事都得心應手的真理愛，非得靠天賦才行。

像這樣比較就很明顯，黑羽果真有唱歌天分。

哎，黑羽本人沒有意願多發揮，硬要拱她也不會有好事，我就刻意不去談這一塊，但是像這樣目睹仍會覺得可惜。

至於剩下的白草——

「有滿大的進步了耶。」

「對啊。」

哲彥講得含蓄，但是在我看來可以說「簡直判若兩人」。

昨天白草跳舞的臉還很凶，現在表情卻變得柔和了，光是這樣給觀眾的印象就差了不少。跟另外兩人一比，歌藝和舞藝難免低落一兩截，不過考量到昨天的表現已經算是戲劇性改善。由於表情變好了，即使她們三個一起跳舞也有最基本的協調度，感覺有達到可以在宣傳影片裡亮相的水準。只要多琢磨可愛的動作及舉止，明天正式開鏡就會變得相當不錯吧。

樂曲結束，我找白草搭話。

「小白，妳的表現好很多了耶。」

「真的嗎，小末？」

「是啊。」

「如果是這樣，我認為你果真建議得好。」

「是嗎？那就好。」

「…………………」

我們倆講話的模樣……黑羽默默地盯著。

「……原本我還以為幸好沒事……這樣看來……果然只能用那招嗎……」

我好像有聽見黑羽的聲音就回過頭，可是黑羽轉過身正要跟哲彥講話。

「哲彥同學，怎樣？我可以去教他們功課吧？」

「光靠自己練習就能練出這種成果，妳們多練習幾次合舞會不會更棒啊？」

「我可以去教他們功課吧……？」

唔哇，小黑講話居然殺氣這麼重……

「唉……知道了啦。」

「那我要照辦嘍。」

這樣就敲定是黑羽當老師了嗎……看來今天會過得很辛苦……

「但是吃過午餐以後，撥一個小時在海邊玩總可以吧？搭舞台以前，妳們不會想在廣闊的場地玩耍拍照嗎？」

「……嗯，那樣是還可以接受。」

關於行程方面，昨天大家都是照哲彥說的來行動。哲彥沒跟任何人商量，總是在指揮大家。不過有黑羽在，他絕對會先確認一聲耶。這個班底要頂撞哲彥的領導，能耐足以將其推翻的頂多只有黑羽和真理愛。

只是真理愛在領導方面屬於不主動的類型，因此哲彥才會只跟黑羽確認吧。

這樣一看，群青同盟的首腦是哲彥，第二號人物則是黑羽，或許很理所當然。畢竟會指揮大家行動的人，怎麼想往往都是他們倆。

碧找正在擦汗的黑羽講話：

「黑羽姊、黑羽姊，我問妳喔，那邊那個人……是拿下芥見獎的作家，可知白草小姐……對不對？」

「妳在說什麼啊，碧？之前妳不是跟她見過一次面了嗎？」

啊～～對喔。

白草搭高級車來我家接送時，就遇過志田四姊妹了。

「不是啦，誰教那天早上趕時間，黑羽姊妳又變得像猛獸一樣，我哪有空靜下來看對方。」

「啥？猛獸？」

受不了……碧講話真的有夠漫不經心。

話雖如此，她本人被黑羽瞪也完全不當一回事。

「是說，真的假的？唔哇～～現場見到她感覺更美了！太扯了啦！美過頭！」

對嘛，這才是一般的反應。雖然有點追逐流行的味道，我認為這就是常人初次見到「可知白草」會有的印象。

於是碧瞥了黑羽一眼做比較並嘀咕：

「……黑羽姊贏不了嘛。」

「是哪裡贏不了……」

「長相、身高、胸部。」

「碧～～～～～～～～！」

好強，明知是地雷還敢照樣踩下去，是仗著姊妹之情嗎？

姊妹淘的互動對學校眾人來說似乎很新鮮。

哲彥點點頭；玲菜為之瞠目。真理愛似乎是拿來與自家姊妹做比照，就偷偷瞄了繪里小姐；笑吟吟的繪里小姐手裡已經拿了酒。

至於白草——

「記得妳的名字是叫碧，對吧？」

她正打算跟碧接觸。

「啊，是、是的！」

「真是好孩子，跟妳姊姊差多了。」

「沒有啦～～啊哈哈～～」

碧，妳對知名人物實在沒有抗拒力耶。反正跟真理愛見面那次到最後就吵了起來，或許只有一開始才這樣吧。白草恐怕是覺得妳好哄，才想盡早拉攏妳喔。

「碧……妳過來一下……」

黑羽當然仍處於暴怒模式。

「才不要！誰教黑羽姊好恐怖！」

「對嘛，志田同學很可怕吧？明明妳這麼乖巧聽話，真可憐。不嫌棄的話來陪我聊聊吧？」

「咦，可以嗎？」

「當然。」

「不妙耶，黑羽姊！妳連性格都輸到底了！能贏的部分只剩黑心了嘛！」

「碧……妳好大的膽子……」

我說碧啊……妳在某方面而言真夠猛的。剛才講那種話，相當於把地雷一顆一顆地挖出來，再一口氣引爆的問題發言耶。

「好啦好啦……冷靜點，小黑。」

我介入她們三個之間。

幸虧周圍有別人，黑羽勉強克制住沒發飆。換成平常，她早就對碧用上一兩招擒拿術了。

趁她勉強克制住的期間，我應該努力設法讓事態軟著陸。

「碧是因為出來旅行，情緒就跟著亢奮了啦，她講那些話都是鬧著玩的。我並沒有要勸妳放過她，但是先冷靜一點……」

黑羽惡狠狠地抬頭瞪我。

唔……看來她沒忘記剛才的口角……依然在生我的氣……

平時和稀泥就可以讓事情平息下來，這次的狀況果然不太一樣。

「小晴，我也有話要對你說耶……」

「不、不用啦～～我沒什麼想聽妳說的就是了……」

「過來一下，小晴。大家對不起，我立刻就回來。」

「等等，等等，痛痛痛！欸，等一下啦～～」

黑羽踮起腳捏了我的耳朵，直接把我拖走。

「唔啊啊啊……」

被她這樣對待，我也只能彎下腰跟過去。黑羽個子矮，走起來也就倍感吃力。

我打了手勢求救，每個人卻都把目光轉開。

「……喂，別見死不救啦！尤其是碧！火上加油的人是妳，所以妳要負責！」

「末晴……你成佛吧。」

「欸，妳喔！別鬧了啦，碧！少在那邊祈禱！」

當我在大呼小叫的這段期間，我跟黑羽仍逐漸遠離其他人。我們從露臺走下階梯，來到沙灘，然後移動至別墅的死角。

我彎身走路實在是累了，忍不住就在沙地上一屁股坐下來。

面對這樣的我，黑羽散發出火大度破表的施虐狂氣場，怒目瞪了過來。

「小晴，我們剛到別墅，你就馬上用那種方式衝著我來……是因為對我不爽吧……是這樣對不對……？」

我有一瞬間曾湧上罪惡感，內心卻立刻染黑了。

「是、是啊，沒有錯！誰教妳要騙我，又不肯道歉！我生氣有什麼不對！」

我還是在掛懷這一點。

「哦～～……」

黑羽這麼嘀咕以後，便推了我的肩膀。

我盤腿坐著，所以輕易就被她推倒，背因而碰到沙地。

「黑羽就騎到我的肚子上」。

我曉得，這就是所謂「遭受壓制的狀態」。

形勢非常不利。即使受到攻擊，被壓制的一方也無法正常反擊。

……但是，問題不在這裡。

更重要的是肚子上傳來的觸感超不妙啦～～～！

「小、小黑……！」

我試著掙脫，這次卻被黑羽用手肘頂住雙臂，完全受到制伏而動彈不得。

俯視著我的黑羽臉上──浮現了「按下邪惡開關的神情」。

「小晴……你現在已經……無法信任我了吧？那麼，從現在開始──我會把要對你說的『喜歡』次數乘以十倍。」

「！」

「怎樣，你有意見嗎？沒關係～反正只是我自己要講給你聽的～既然小晴沒辦法相信我，當成玩笑話聽過不就好了？」

天、天啊……她居然想出了這種主意……！

小黑根本已經……已經走火入魔了！

跟以往的「終極版黑羽」或「純情版黑羽」都不一樣。

惡意比終極版黑羽更深，更有施虐性，還會用美色糾纏。

要說的話，沒錯──她就是「黑羽alter」。

來到這一步才不是「小惡魔」的等級，她是長了壯觀黑色羽翼的「大惡魔」。

沒想到惹怒黑羽會激發出連我都不認識的一面……唔，多麼驚人的潛力……！

「總之我要向你宣戰。」

黑羽用食指戳了戳我的額頭，然後挪開身體，彷彿什麼事都沒發生過地調頭。

「小晴——你最好先有心理準備。」

黑羽回頭一瞥，還舔了舔嘴脣給我看。

她完完全全變了個人……

我只能一面發抖一面目送她的背影離開。

*

即使說是三天兩夜，這趟旅行就快經過折返點了。話雖如此，明天要做的只有正式拍攝宣傳影片還有回家而已，所剩的時間已經不多，想做的事情與非做不可的事情卻都堆積如山。

「碧，妳看，這邊我幫妳安頓好了，妳去跟大家混一混吧。」

現在是用完午餐以後，撥出一小時讓所有人到海邊玩的時間。沙灘上要來場簡單的排球比賽，跟我一起的碧卻膽怯不前。

另外，我負責的是準備遮陽傘和海灘墊，其他人有的在替海灘球灌氣，有的在架設簡易式排球網。

「呃，我知道啦，可是重新一看就覺得陣容太豪華。」

碧的目光是朝著真理愛與白草。

說真的，她平時明明就一副刁蠻的性子，遇到狀況卻會龜縮。

碧表現得忸忸怩怩，還把背心式比基尼的皺褶拉平，白白地拖延時間。

我嘆了口氣，然後扯開嗓門：

「小白！」

原本在替海灘球灌氣的白草注意到就趕了過來。

「怎麼了，小末？」

「妳能不能使喚她做點事？」

「咦咦咦咦！」

「怎樣啦，碧，妳不幫忙嗎？」

「沒、沒有，不是那樣啦～～」

白草應該是理解了我的用意。

她柔柔一笑，伸出手。

「好啊。碧，那妳跟我來。」

「咦？啊，好、好的——」

碧被白草牽著離開。

這女的在白草面前真的就像寄人籬下的貓一樣。

哎，碧以前跟真理愛吵過架，大概是因為如此，她剛才跟白草都處得不錯，挑這個人選應該最好。

何況白草也比以前——不，跟昨天一比也圓滑多了。或許她們能建立良好的關係。

「末晴哥，讓你久等了。」

「晴哥，我來幫忙。」

這次換雙胞胎姍姍來遲。

蒼依是穿可愛的海藍色紗籠裙。

至於朱音……真夠偏門耶。她穿校用泳裝。

不對，既然朱音讀國一，穿校用泳裝並沒有什麼好奇怪吧？要說這是她對時尚不感興趣的作風，倒也挺符合的……算啦。

「妳們也去那邊幫忙。難得有機會，多認識幾個人啊。」

跟我隨時都能講話，但是可以跟這麼多人交流的機會可不多吧。

更何況，哲彥目前要處理器材搬運的手續，不在這裡。要跟讀高中的學長攀談大概不容易，只有女生的話門檻應該就低一些。

「……我不用了，我留在這裡幫晴哥。」

「朱音……」

唔、嗯～～……

朱音會這麼說，證明她跟我很親，我個人也覺得高興。

高興歸高興……就為人兄長的立場卻有點擔心。

「啊哈哈……」

蒼依這麼苦笑，是她對朱音表示能理解卻又有點不知所措的反應。

蒼依本身個性也內向，所以沒有被人從背後推一把就不會主動找初次見面的學姊講話。

但是，蒼依倒不會拒人於千里之外。即使她個性內向，仍懂得觀察周遭。她只是不擅長跟人打成一片，並不是辦不到。

朱音就不同，她拒絕跟人打成一片。

我思索片刻以後——打定主意。

「小桃！玲菜！」

我把接下排球網架設工作的學妹搭檔叫來，朱音就一聲不吭地躲到我背後。

「什麼事，大大？」

「妳們倆需要人手吧？讓她們幫忙啊。」

我瞟向蒼依和朱音。

這兩個學妹都很機靈，立刻就會意，還露出笑容。

「謝謝大大。呃～～妳們叫蒼依和朱音對不對？來這邊嘛。」

「呵呵呵，人家一直很期待跟妳們聊天喔。在妳們倆（跟人家變成一條心）回家之前，人家要讓妳們學會叫人家小桃姊姊。」

……總覺得真理愛好像在打什麼壞主意……既然玲菜也在，應該不至於惹出怪問題吧。

「啊，好、好的……請多指教。」

蒼依對歡迎的氣氛露出笑容，並走向她們。

可是──

「……不用。我要跟晴哥留在這裡。」

朱音貼在我背後，而且更加堅定地拒絕了。

我差點狠下心把朱音扒離身邊，可是──

（……她在發抖。）

畏懼，從背後傳達過來。朱音似乎比我想像的還要害怕。

得知這一點，原本想狠下心的念頭就瞬間雲消霧散了。

「……抱歉。朱音留下來幫忙我這邊好了。」

真理愛及玲菜依舊很敏銳。

「知道了喲。」

「妳隨時都可以來人家這邊喔。」

話說完，她們就帶著蒼依去架網了。

我揮手目送她們離開以後，朱音就嘀咕了一句：

「晴哥，原來你有這麼多朋友。」

「喂，慢著慢著慢著！朱音，妳原本是怎麼看我的！」

表示她以為我除了黑羽以外沒別的朋友嗎！雖然我的人面不算廣，可是實際上被想成那樣就有點傷人了耶。

我的吐槽似乎讓朱音發現自己失言了。

「啊……晴哥，我不是那個意思……」

果真令人操心。這女孩跟白草一樣處事笨拙，但是有別於倔強硬撐的白草，她這種笨拙屬於不經心又少根筋的類型。況且對失言渾然不覺的話，或許還可以說是性格我行我素，然而看到她之後想通而後悔就讓人揪心。

「不要緊，朱音，我沒有放在心上。」

我摸了摸朱音的頭，她便垂下目光應了聲「嗯」。

「然後呢，妳本來想講什麼？」

「……看到晴哥跟陌生人聊得開心，感覺就像換了個人……會讓我覺得，晴哥已經跑到好遠好遠的地方。」

啊……啊～～原來如此，我好像稍微能體會。

好比目睹父母工作時換了張面孔所感受到的那種驚訝吧。異於平時的氣質與神情會讓人受到一點驚嚇。

「我覺得心裡好寂寞……就……」

朱音用力摟緊我的手臂。

她的頭腦明明比我這種人好得多……

這種不協調感刺激了我的保護欲。正因為她給人活得跌跌撞撞的印象，使我希望為她做些什麼的想法隨之高漲。

「啊——」

朱音忽然放開手。

當我納悶有什麼狀況時——背後隨即有聲音傳來。

「咦，在這裡的只有小晴和朱音嗎？」

最後出現的人是黑羽。

說來說去，我每年還是會看到黑羽穿泳裝。不過唯獨今年還沒看過就是了。這一點，狀況跟白草和真理愛完全不同。

所以我不會心慌——才對。

「！——」

我回頭看向黑羽那邊，就受到了當頭棒喝般的震撼。

對了——從我把黑羽視為戀愛對象算起，這是我第一次看她穿泳裝。

荷葉邊讓人印象深刻的露背掛頸泳裝，下半身屬於裙子款式，暴露程度並不算高。我覺得跟去年以前沒有太大差別……即使如此，大概是心態有異，我大受刺激。

「呼……」

呼吸變得急促。就算跟藝人等級的白草或真理愛相比，黑羽還是夠可愛的。

我知道看太久會被黑羽抓到把柄，卻還是忍不住看了好幾眼。

而且那當然被黑羽察覺了。

「……很不錯吧，小晴。」

「別——別說蠢話！才、才沒有！」

我開口抵抗——然而，黑羽似乎看透了我的心思。

你的想法可都被看穿了喔。彷彿這麼表示的她高高在上地露出笑容，還把嘴巴湊到我耳邊。

「好～～可愛，明明就不用嘴硬的耶……這一點滿討人『喜歡』呢。」

「！——」

我面紅耳赤地拉開距離，黑羽就嘻嘻笑了出來。

「怎麼了，小晴？你的臉好紅耶。」

在我身旁的朱音沒有聽見，顯得一臉疑惑。

唔，這女的，居然在玩弄我……！

可是，黑羽仍接連不斷發動攻勢。

「真是的，你在做什麼啊，小晴？快點站起來……『我喜歡你』。」

「頭髮被水沾濕以後，小晴你就多了一絲嫵媚耶……『我喜歡你』。」

「唉，你累了吧……『我喜歡你』。」

「即使睏了也要用功才可以喔……『我喜歡你』。」

「啊啊啊啊啊啊啊啊啊啊啊啊啊啊啊啊！妳是怎樣啦！小黑，妳為什麼要把『喜歡』當成語尾掛在嘴邊啦～～～～～！」

招架不住的我逃離沙灘，在沒有其他人的海邊用頭猛撞混凝土牆。

（可怕。想得出這種點子的小黑好可怕……）

根本就是精神攻擊，我的腦漿都要迸出來了。

畢竟黑羽每次說「喜歡」，就會把嘴巴湊到我耳邊耶。她這樣吐氣讓我全身酥麻，還當著別人面前用勉強不會被旁邊聽見的音量，在勉強不會遭人懷疑的距離朝我細語！

完全走火入魔了……我被她玩弄了……

該怎麼說，這已經超越喜歡、討厭或者生不生氣，感覺我自己都快要淪陷於當中的歡愉了，好恐怖。

我、我正在跟黑羽吵架！

沒、沒錯！黑羽騙了我！在她有個交代前！在聽到她說謊的理由之前，我不能輕饒她……！

『——「我喜歡你」。』

「唔唔唔唔唔唔唔！」

我紅著臉蹲了下來。

不過呢，就算我們在吵架，即使沒辦法信服，即使說不定是謊話，即使說不定受了玩弄，聽見喜歡的女生向自己示好，我怎麼可能不高興啊，我怎麼可能不害臊啊。

不行。我要恢復清醒，別流於感情用事。

我想到了。小蒼不是也說過嗎？她叫我小心旅行魔法。

對喔，或許小黑同樣是因為旅行而失了分寸。

現在需要慎重應對與冷靜的判斷……

我讓腦袋冷靜以後回到沙灘，就發現在海邊玩的一個小時結束了，大家正準備移動到各自的崗位。

在指揮業者搬運器材的哲彥注意到我了。

「喂，你跑去哪裡了！志田要開讀書會，叫你趕快過去！」

「好，我知道了！」

哲彥旁邊有玲菜、蒼依、朱音在待命。

這三個人應該是預備要組裝器材吧。不過我有點擔心……對於朱音。

蒼依大概是知道我在掛懷，朝我揮了手。

……這是包在她身上的暗號。是嗎？蒼依願意幫忙解圍。

蒼依總是擔任這樣的角色，不著痕跡地提供援手。我猜以往在學校，蒼依都悄悄地一路幫助朱音至今吧。

話雖如此，蒼依完全沒有要做人情的意思，她都是欣然接下任務。

基本上，蒼依和朱音並不是只有單方面會照顧、受照顧的一對搭檔。比如在課業方面，據說蒼依就向朱音討教了不少。別看她們這樣，這對雙胞胎可是一對能互補不足的好搭檔。

我朝蒼依揮了手回應，把之後的事託付給她。

眼角餘光看到白草在露臺自主練習以後，我回到客廳。

「好慢！」

等著我的人則是雙手扠腰，氣勢洶洶地站著的黑羽。

「小～～晴～～？你的拚勁……是不是不夠呢……？」

這跟剛才兼具施虐性和嫵媚的「黑羽alter」不同……

我會感到懷念，是因為想起報考高中之際被她折磨了一番的回憶。

過去我在內心是這樣稱呼她的，我叫她「黑羽士官長」。

我把目光轉向桌子那邊，就發現碧和真理愛正專心地盯著參考書，儘管我來了，也還是一樣專注。

這是出了什麼狀況……真理愛居然能夠專心成這樣，黑羽是用了什麼手段……？未免太可怕了吧……？

「小～～晴～～？」

我挺直背脊，向她敬了禮。

黑羽豎起拇指，朝背後一比。

「去反省，懂嗎？」

拇指比的方向是露臺，再過去就是——

「我了解了！」

我赤腳衝到露臺，跑過正在自主練習的白草身邊。然後我直接跨過扶手，縱身跳向大海——

「唔喔喔喔喔喔喔喔！」

我隨著吶喊摔進海中以後，就迅速浮上來了。

「末晴，你搞什麼？」

在沙灘組裝器材的哲彥問道。他背後的蒼依和朱音也為之瞠目。

「小黑當教官的話，我就沒辦法違抗啦……！」

「啊哈，哈哈哈……」

「誰教她是黑姊。」

我拋下苦笑的蒼依和淡然陳述感想的朱音，衝上露臺回到客廳。接著我喘著氣扯開嗓門。

「我去做過反省了！」

「……很好。」

黑羽帶著昏暗的眼神把浴巾扔給我，然後立刻秀出右手拿的碼錶。

「小晴，要給你寫的考卷放在那邊，限時三十分鐘。接下來要考五個科目。」

換句話說，我非得專心足足兩個半小時——

「我想想……架設舞台的工作，我們都完全不去參與的話，蒼依她們未免太可憐，所以考完三科之後，我會讓你去幫忙一個小時順便休息。」

「那、那樣好像根本沒有休息到啊……」

黑羽惡狠狠地瞪來，打起哆嗦的我就閉嘴了。

「——你有意見？」

「沒有！長官！」

「別加上長官這種無謂的字眼。」

「非……非常抱歉！」

後來我迎接了地獄。

難題來襲。黑羽時時刻刻都放亮眼睛。

精神消耗到簡直讓人忘記自己是來旅行的事實。

不過……黑羽替我打這劑強心針並非毫無意義。

黑羽所準備的題目，全是我曾經寫錯的題目。因此每換下一題，我就會冒出「啊～～這題這題！答案是什麼來著～～」的心境。

所以，我逐步體會到，製作這份考題非常辛苦吧？

光是單純從題庫選題，再影印下來剪貼成考卷就相當花費勞力。

再加上黑羽應該還要練歌和練舞。考慮到她利用空檔製作了這份考題……我便覺得心痛。

（小黑……）

明明我們在吵架，明明她對我不爽……

黑羽彷彿以態度如此表示：

「要玩可以，但是輕忽學生的本分就本末倒置了。」

既然要付出全力，就不要只把力氣用來玩，也要奮發用功——

而且黑羽不是只有嘴上說說，還自己身體力行。

（沒錯，小黑總是這樣……）

她會為怠惰的我提供正確榜樣。看到她那副模樣，我再懶也會感到佩服，變得無法吭聲——

並且痛下決心。

即使被玲菜看扁，也改不了我對用功的抗拒感。可是，那種感覺現在被我拋到腦後，湧上的拚勁幾乎要撐爆。

我用力拍了雙頰要自己振作。

「小晴……？」

教真理愛念書的黑羽訝異地抬起臉。

「抱歉，沒什麼。我只是在提振精神。」

「……你終於燃起鬥志了？」

「是啊。」

「小晴，你點燃得太慢了。」

「抱歉。」

「……嗯。」

那句細語要當成答覆實在太小聲。

不過光是這樣，就足以感受到我們對彼此已有理解。

＊

寫完三科考卷的我去幫忙搭設舞台，便發現基底的工程比想像中有進度。

看了才曉得原來如此，結構單純。

舞台基底是用金屬管搭的，高度在膝蓋附近，只需要照規則排列就行了。麻煩的部分在於底下是沙地，多少需要協調高度。接著在上面鋪地板，加以固定便能完工。

以工程而言幾乎沒有困難處，卻需要力氣和人手。因此讀書會的人參加以後，工程就一舉有了進展。

尤其活躍的成員是碧。

「啊～～末晴，不是那樣啦，地板要嵌在這裡再放上去。」

她有力氣，做事又莫名有條理，比我想的還靈巧。雖然她說自己學裁縫就會耐不住性子，做這種粗工反而能發揮特長耶。

當我一邊想著這些一邊做工的時候，朱音便拽了拽我的連帽衣。

「晴哥，喇叭會擺在哪裡？」

「……？妳在意這個嗎？」

「嗯。」

朱音面無表情地點頭。不過，她似乎比平時多了股勁？

「對喔，妳對音樂有講究嘛……輕音樂社的活動開心嗎？」

「我跟社團成員合不來，暑假那陣子就沒去了。」

「啊～～……」

換成以往，這類話題都很快就會傳到我耳裡。

不過供應情報的黑羽跟我從暑假那陣子就變得關係尷尬。雖說無可奈何，我仍有點落寞。

「是什麼地方合不來？」

「因為——我只是想把樂器練好，社團的人卻都不練習。不練習，技術又爛，卻只會自說自話，所以我受夠了。」

「這樣啊……」

啊～～人之常情吧～～像我讀國中時，想認真搞音樂的人也是馬上就跟志同道合的夥伴聚在一起，都沒有參加輕音樂社。

「是喔，那妳真辛苦。」

「並不會辛苦。不去參加社團活動就可以在家練習，所以沒關係。」

嗯～～要把音樂當興趣，或者埋首於練習都不是壞事。話是這麼說沒錯，果然朱音就是容易被導引至孤僻的方向……

那麼——

「喂～～哲彥！」

「咦，怎樣？」

「朱音說她對喇叭的位置有意見。」

「哦～～」

「！」

朱音看哲彥湊過來，就立刻躲到我的背後。

但是我不讓她這麼做，還硬把她抱起來，要她站到前面。

「晴哥……！」

「把想講的話講出來啊，我會幫妳一把。」

「…………」

哲彥大概也察覺到別隨便跟這女孩搭話比較好，他一直等到朱音開口。

「喇叭可以放到那塊板子跟那塊板子上面……畢竟那不是為了讓很多觀眾聽見才擺的設備，我認為可以將角度縮回來一點，對跳舞的人而言較有臨場感，攝影機的收音效果也會變好。」

哲彥瞪大眼睛，摸了摸下巴。

「……我明白了。總之先擺擺看，有什麼要糾正的再跟我說。」

「嗯。還有——」

「朱音，妳還有什麼想法嗎？」

「其實……我試著做了這個……」

朱音拿出來的是耳機，耳機跟手機有連線。

其中一邊自己用，另一邊則交給哲彥塞進耳朵，然後朱音按下播放鍵。

「♪～～♪～～」

啊，這首歌是《樂園ＳＯＳ》。

「怎麼回事，這聽起來感覺不一樣耶。嗯～～配了鼓聲嗎？我總覺得曲風變high了。」

「猜對一半。我也改了貝斯的譜。」

「原來……妳還會打譜啊……」

連哲彥似乎也對此感到訝異。

「……這是我的興趣。」

「末晴，你怎麼看？」

「感覺朱音讓我們聽的版本比較好。」

「我也一樣。做個替換吧。」

哲彥把耳機拿下來，客氣地還給朱音。

「朱音，麻煩妳，之後把音樂檔給我。」

「……可以嗎？」

朱音將視線轉到我這邊。

我當然對她點了頭。

「當然可以。妳很厲害嘛，我都不曉得妳會這麼多。」

「……嗯。謝謝，晴哥。」

「我什麼都沒做啦。」

「就算這樣，還是謝謝你。」

朱音露出笑容。來這裡以後，她第一次有笑容。

這女孩總有孤立自己、壓抑自己的傾向。

但是她潛藏著驚人的能力，我打從心裡希望能像這樣逐步讓她獲得旁人認同。

＊

「……你比我想像中用功呢，小晴。」

黑羽在打完五科考卷的分數後這麼說道，地獄讀書會就此告終。

舞台架設正好也告一段落，因此要進行彩排了。黑羽還有真理愛只能說厲害，不過白草也確實有進步。才練一小時左右，默契便達到可以接受的水準，我們懷著對明天的期待收工了。

後來大家決定一起準備晚餐。

話雖如此，最後一夜是在露臺上烤肉。

男生從倉庫裡搬出油桶烤肉架，放好固態燃料與木炭開始生火。準備桌椅也是男生的工作。

女生則有黑羽和碧組成蔬菜調理班專心切菜。另外，黑羽舌頭上雖有另一片宇宙，但是切菜技術仍相當於常人，因此可以信賴。

蒼依和朱音負責把食材擺盤端來；白草負責確認庫存，肉與調味料等等都是她拿出來的；玲菜與真理愛拿了飲料補充到冰桶裡。此外，繪里小姐負責監督，但是她想偷偷拿酒出來喝，就挨了真理愛的罵。

「「「開動！」」」

不知不覺中，天上已經滿是星斗。

總覺得這兩天歷經了驚滔駭浪，鬧得超high，玩得超爽，姑且也有念到書。在沖繩度過的這段日子太燦爛，也許回去以後都無法收心回歸日常生活了。

當我靠著扶手心懷感傷時，碧來到了旁邊。

「末晴，你有吃東西嗎？」

「有啦。我才想問妳，玩得開心嗎？跟小桃和解了嗎？」

「要我跟那女的和解，免談。」

「出了什麼事啦！話說妳答得太快了吧！起碼苦惱一下啊！」

「呃，免談就是免談。」

「有發生什麼事嗎？」

「…………」

「妳不要不講話啦！很恐怖耶！」

「…………」

「我、我懂了，不問妳就是了嘛！」

聒噪才是碧的本色，所以當她靜下來的時候就會讓我適應不了。

我換了話題。

「對了，碧，妳為什麼會那麼拚命用功？妳是要靠網球推薦升學念高中吧？」

碧念書的認真程度遠遠超乎我的想像，但是靠體育成績推薦升學的話，把讀書的時間拿去鍛鍊體能比較合邏輯，因此我完全不懂她用功的理由。

「啊～～關於這個嘛……」

碧一臉安分地搔了搔臉頰。

「我呢，決定不靠推薦念高中了。」

「咦！這是為什麼！」

記得碧的志願學校屬於網球強校，推薦入學的條件則是打進全國大賽。而她在夏天順利達成，聽說推薦名額也敲定了。

「……要怎麼說好呢，打進盼望已久的全國大賽，讓我知道了自己的實力。」

「什麼意思？」

「全國大賽第一回合的對手才讀一年級，我卻在體格和技術上都完全敵不過……坦白講，從來沒有輸得那麼難看。但是恐怕只有那樣的人才能當職業好手。我無法贏過世界水準，我只是比同年級發育得早一點，在身體方面受惠而已。之前我認清了這一點。」

「……這樣啊。」

妳盡全力了嗎？我可以如此質疑，感覺這樣開口也不算有錯。

不過只聽碧說了幾句，就可得知要在體育界成為職業好手有多困難。

尤其網球是橫跨全世界的競技，連在全國躋身頂尖之列的選手要談到能否在職業的世界活躍……就不好說了。

「不過呢，我並沒有自暴自棄啦，不是那樣的。我呢，想試著攻讀運動科學。」

「妳說的是不是用科學方式分析運動，研究要怎麼樣才能有效率地進步的那門學問啊？」

「嗯，差不多。然後呢，我想報考可以進修這些學問的大學。以後我決定把網球當興趣，並且努力用功考上升學取向的學校。」

「這樣啊，妳真了不起……」

碧才讀國中就很會思考。

我都還沒找到將來的目標，碧卻已經定好方向了。

「所以嘍，末晴。」

碧在胸前繞著手指。

「假如我說想考你和黑羽姊念的學校……你會笑我嗎？」

穗積野高中是滿不錯的升學取向學校。記得碧的學力是平均水準，從現在開始努力就必須下相當的苦功才能達成目標。

但是——

「很好耶！妳來念啊！我等妳！」

「就、就是說嘛！啊哈哈，我還以為會被笑！」

「我不會笑啦！既然目標這麼有志氣，妳可以的！」

「就、就是嘛！」

「我也會為妳加油。」

白草大概是碰巧聽見我們講話。

她拿著裝了柳橙汁的紙杯朝我們走過來。

「對於文組的科目，我就有自信。我可以教妳準備考試的訣竅。」

「咦！可、可以嗎？」

「當然可以。我啊，欣賞有意奮鬥的女生，因為看了會讓人想聲援。」

「唔哇，居然能讓職業小說家教我，太奢侈了！」

碧的反應讓白草對她回以微笑。

「那麼，妳能不能告訴我聯絡方式？」

白草把紙杯擺在木製扶手上，伸出手要拿口袋裡的手機。

就在這時候──

「！──」

白草皺起臉，把手機弄掉了。

從她的反應來看，是右腳踝在痛。

「小白，妳還好吧……？」

「啊，我沒事，嗯。雖然感覺有點不適，但是不至於沒辦法跳舞。」

……仔細想想，白草從昨天到今天都一直在練舞。平時沒有鍛鍊身體卻練得那麼勤，當然會造成傷痛。

「──白草學姊，能不能讓我看一下？」

「好、好的……」

碧讓白草當場坐下，然後觀察腳踝。她從各種角度端詳，時而伸手觸摸，確認白草對患部的反應。

「請妳就這樣坐著等我一下。」

碧說完就拔腿離開，然後拿了繃帶回來。

「我要貼紮患部。這個程度的運動傷害，貼紮過明天就會好。但是因為有稍微發熱，最好進行冷敷。我沒有帶冷敷貼過來，別墅有嗎？」

「記得應該有常備的醫藥箱。」

「那我們去拿冷敷貼吧，敷上去以後再進行貼紮。」

對喔，碧是打進全國比賽的體育選手嘛。何況她還說過想進修運動科學，貼紮這種醫護措施起碼要會吧。

我總覺得見到了碧讓人意外的一面。

旅行實在有意思，可以從意外的人身上看到意外的一面。

當我目送她們倆進別墅時，有人向我搭話了。

「末晴哥哥～～！請你來這邊～～！有可怕的學姊在欺負人家～～！」

「小桃學妹……妳是在說我嗎……？」

「找不到其他可怕的學姊了啊。」

「這個女生真是……啊，小晴，肉烤好了，要吃嗎？」

被黑羽搭話，我就一陣心動。

雖然我們之前在吵架，坦白說看完黑羽製作的考題，我幾乎氣消了。

我現在是在提防她的「喜歡攻勢」。

那種精神攻擊太厲害，從物理方面來形容，可比被人用鈍器痛毆的震撼。

因此，我跟黑羽保持距離，只將紙盤往前遞。

「……要。」

黑羽看我態度愛理不理，似乎就起了什麼念頭而瞇起眼睛。

「……哦～～你還想抵抗啊。」

說我想抵抗是什麼意思！表示妳打算讓我完全屈服嗎！

「你那種態度也滿討人『喜歡』呢……」

黑羽倏地接近，還這麼對我細語。

啊啊啊啊啊！看吧，就是這招！從耳朵傳進來的聲音會撼動大腦，引發目眩症狀。

她這句「喜歡」的語氣和隨便講講完全不同，又甜又膩，繚繞在耳裡久久不去。氣息還微微呼在我身上，讓人渾身酥麻。

而且黑羽的眼神既挑逗又像是看準了獵物，有股不容分說的壓力與嫵媚，因此我無法不受到動搖。

黑羽擱下烤肉夾，把身體靠向我。

「我說呢，小晴……你再抵抗也沒用——」

「——啊，對不起，人家手滑了。」

真理愛拿的杯子撞到黑羽……讓她的手臂變得濕漉漉。

黑羽在泳裝外面只披了一件連帽衣，被打溼並沒有什麼問題。

問題是——

「呃，小桃學妹？為什麼妳是先說了手滑才潑水呢？」

……嗯，真理愛根本是在紙杯灑出去之前開口的。要說有問題的話就是這一點。

「不是學姊犯了幻聽的症狀嗎？」

「厲害耶，她完全沒在怕。」

妳那可以毫不愧疚地斷言是幻聽的心智太嚇人啦！

「啊，哦～～……那麼紙杯裡為什麼裝的是水，而不是飲料呢？」

「碰巧的啊。人家是女演員，所以對含熱量的飲料會有所節制。」

「妳剛才不是還在喝烏龍茶？」

「因為人家不小心喝了才用水取代啊，很奇怪嗎？」

唔哇～～這兩個人都頗有腦袋，鬥嘴就沒完沒了……

「噗哈～～吃烤肉就是要配啤酒～～！讚～～！」

原本該出面調停的帶隊者繪里小姐又完全喝茫了……

「妳把飲料換成水的心思倒是可以稱許喔。不過用這種手法會不會陰險了點？」

「學姊不認為把別人想成陰險的人才陰險嗎？」

「啥！」

「妳說對不對，白草學姊？」

真理愛把話題拋給了跟碧一起回來的白草。

白草的腳踝用繃帶貼紮過。總之似乎只能先這樣處理再觀望痊癒的狀況。

「……也對呢，要贊同桃坂學妹的意見固然令人不快，但是在我看來，也覺得志田同學很陰險。」

「就是說嘛～～」

「妳們兩個……」

啊～～黑羽完全被惹火了……

「喂，末晴！這裡的學姊都好可怕！你快阻止她們啦！」

碧用手肘朝我頂了頂。

「不不不，我辦不到！」

「什麼叫辦不到！只有你才阻止得了吧！」

「碧，難道妳真的覺得我阻止得了這三個人……？」

「…………」

碧看了所有人的臉，然後點頭。

「的確不能指望你耶。除了白草學姊以外，都那個樣嘛。要嘛就是禽獸，要嘛就是猛獸。」

「碧～～？姊姊好像聽到妳在亂講話耶～～」

「唔——」

黑羽的威嚇讓碧陣陣後退。

可是她後退的方向有真理愛等著。

「碧，被妳說成猛獸，小桃姊姊很傷心喔。」

「誰認妳當姊姊了！妳這滿肚子壞水的女生！」

碧深知黑羽有多可怕也照樣口無遮攔，她對真理愛也一樣毫不退縮。

「我才不會叫妳小桃姊姊！以後妳要先加上『自稱』啦！」

「……哦～～看來人家有必要（為了管教）跟妳談一談呢……」

「不要！感覺亂恐怖的！」

另一邊，黑羽和白草之間也發生衝突了。

「可知同學，妳說我陰險……是什麼意思？」

「問我什麼意思，不就字面上的意思嗎？難不成還有存疑的餘地？」

「妳把自己的所作所為置之腦後說這種話，不覺得欠缺說服力嗎？」

「所以妳是想說我也很陰險？」

「錯了喔，妳『是』很陰險，但我可沒有喔。」

「這算什麼自我分析？妳那盲目的眼睛是不是去看看眼科比較好？」

「啥～～～！妳有臉說這種話？小晴，對不對！」

話題突然拋過來，讓我心慌了。

「不不不，別扯到我這邊啦！」

「小末，你告訴她，裝開朗的陰沉矮冬瓜就該躲在壁櫥角落發抖。說吧。」

「毒舌成那樣也太過火了！」

「小晴，你就告訴這個千金小姐如何？當她想出那種毒舌字句時就已經夠陰險了。說吧。」

不行，參加這種對話會讓我心臟撐不住。

「慢著慢著慢著，沒那種事啦——」

「小晴……你說的是哪一邊？」

「意思是我於理站得住腳，有問題的是志田同學對不對？」

「啥～～～～！」

當我因為嚇過頭而發抖時，去沙灘散步的蒼依和朱音這對雙胞胎回來了。

她們都聽見聲音了吧，蒼依正在苦笑。我若無其事地用眼神向她求救，但她微微搖頭，對我表示「辦不到」。

朱音卻直率地開口問：

「你怎麼了，晴哥，臉色很差耶……出了什麼事嗎？」

她大概不懂周圍的狀況吧……

這是朱音有問題的地方，也是她可愛的地方。

「唉，如妳所見啦！」

我不知道該怎麼表達，就這麼回答。

於是朱音帶著格外凝重的臉色點頭。

「原來如此。如擬再加上速件……真不愧是晴哥，竟然懂得使用批示公文的用語來形容狀況緊急——」

「啊啊啊～～～根本就不對，為什麼唯獨意思卻說得通啦～～～～！」

像這樣，由於人變多了，攝影旅行的最後一夜比昨晚更加熱鬧。

有喧鬧，有歡笑；有人挨罵，有人頭大。

能在如此美好的地方跟這麼棒的夥伴一同盡歡，這種經驗或許人生中碰不上幾次。

放手玩鬧的我痛快得冒出這樣的想法。

………………

…………

……

明天宣傳影片就要正式開拍。由於昨天先來別墅的一群人有徹夜玩鬧的前科，在黑羽指揮下，所有人十一點便就寢了。

不過大概是因為興奮未退，睡到一半就醒了過來。

當我第一次享受房裡的床鋪時，疲勞隨之湧上，不知不覺間就入睡了。

「啊～～……」

看向時鐘，發現是半夜一點。看向旁邊的床，只見哲彥正在熟睡。

為了避免吵醒他，我悄悄離開房間，然後走向洗手間。

明明覺得疲倦卻有些睡不著。

我爬上二樓，從冰箱拿出運動飲料一飲而盡。

之前鬧哄哄的客廳，如今空無一人，靜悄悄的。只有月光的客廳跟白天氣氛不同，讓我感到緊張。

月亮太美，所以我到了露臺看看。

海風舒適宜人。就算說這裡是沖繩，也已經十月，感覺有點冷。

「♪～」

「嗯……？」

海浪聲中夾雜了不知從哪傳來的音樂聲。這不是……樂園ＳＯＳ嗎？

我從露臺朝舞台的方向看去——有人。

有人播了音樂，正在練舞。

那是……白草。

（小白明明傷到腳了，這麼晚卻在練舞……）

這我效法不來。驚人的努力。

我想多盡一分力，就走向沙灘。

當我接近到一半，擺在舞台上的手機發亮了。

白草停下舞蹈，拿起手機。

「啊，芽衣子？嗯，是我。對不起喔，這麼晚還跟妳聯絡。」

來電的人似乎是班上同學，白草的朋友峰芽衣子。

這樣我就不方便開口搭話了。

我已經走下沙灘，白草卻背對著這邊，手足無措的我愣住了。

「……嗯，對啊。因為只有我跳不好，必須練習……不會的，我不打算向小末求助。」

「！」

被她這麼一說，我就不方便露面了。

我連忙躲到別墅樹叢的死角。

「……然後呢，我領悟了。我並沒有必要站在小末身邊。可是，那不代表我要跟他離得遠遠的。我希望走在他的一步之後，當他遇到狀況時，我就能從背後支持……我領悟到了這一點。」

啊——

（原來小白也有一樣的心境……）

當白草揪著我的連帽衣從後面跟上來時，我有感受到確切的「情誼」和「自在」。

白草之前肯定也對我們重逢後的關係無所適從。而在那時候，她才首度有了契合的感覺。肯定是這樣。

「……我要變得更坦率，往後有事情，我會找小末商量或者依靠他。但是，我認為那跟無條件仰賴對方是不一樣的。自己辦得到的事，我仍會盡力而為，沒有自己先盡力就失禮了。我並沒有打算回到以前無條件依賴人的那個時候。想必會有讓他幫忙拉一把的狀況出現，不過除此以外，我反而想為他效力……」

後來這通電話仍講個不停，不過感覺上都是白草在講話，峰默默聆聽。

途中白草變成邊走邊講，因此我並沒有完全聽見內容，總之憑隻字片語也能知道她說的話既認真又純粹。

——我希望讓……見識到……是有能力的。

——……希望讓……覺得開心。我想報恩。

——……因為有……在，才笑得出來……我想表達這樣的意念。

白草提到了這些，我想峰一定都有好好聽進去吧。最後她答謝完就掛斷電話了。

「那麼，我該加油了……」

於是白草又開始練舞。

聽見她這些話，我已經不能出去了。

我能做的就只有守候而已。

「♪～～♪～～」

她的舞藝漸漸在改進，或許進步得慢，水準卻有實際提升。

也能露出笑容了，跟一開始截然不同。

但是——不時會皺起臉。

就算碧幫她做了貼紮的處理，效果仍然有限。

即使如此，白草仍不斷練習舞步。

……短短一個月前，白草對我來說還是有如天上明星的存在。

漂亮、冷漠又大受歡迎的高中在學女作家，在同學當中更是格外醒目的存在，居住在跟我這種平凡人完全不同的世界。

然而她為了建立那種形象，一直以來都像剛才那樣掙扎、奮鬥、痛苦、努力。

那模樣鮮明地浮現於我的腦海。

『我要更加努力才行……！我不會再讓人瞧不起……！』

『我才不要展現出笨拙的自己……！運動也要特訓……！』

『我想變漂亮……！為此就要好好研究保養的方式……！』

『小末……在我能夠……再度與你見面之前……！』

白草縱有才華，卻比其他人笨拙得多，發揮不出本身的能力，過去甚至因此拒絕上學。

那種笨拙至今仍舊沒變。

但是她暗自努力，累積經驗，逐一克服過來了。

看到白草現在的模樣，即使她不說，我也曉得。

「小白……」

存在於我和白草之間的空白的六年。

由於我不在了，白草恐怕就跟當下我所目睹的光景一樣，都是隻身打拚過來的。

光是想像她孤軍奮鬥的模樣，我——淚水便止不住。

為什麼白草能努力到這種地步？

全心專注於目標，分毫不移。

我尊敬她。對於可知白草這位少女，我想表示由衷的敬意。

她是如此耀眼。

在天上時也很耀眼。

不過——在地上爬的模樣更加耀眼動人。

「加油，小白——」

我不禁在手裡使勁。

我只能躲起來給予聲援。

令人懊惱。但是……我不能出面。

即使現在立刻過去伸出援手，也不是她內心所求的。假如要尊重白草至今的努力與意志，我就不可以出面。

胸口好似被壓得透不過氣。

以往感受過的疼痛又在心坎裡大肆發作。

初戀，是一種毒──

那已經在新的戀情得到療癒了──理應是如此。

但是……

啊，我懂了。

以為心傷痊癒，單純是我的臆測──或許我只是自以為好了。

這種忘不了的疼痛、苦楚。

是嗎──

──初戀之毒，此刻仍侵蝕著我。

＊

蒼依聽見聲響而醒了過來。

她從床上起身，就發現朱音站在窗邊。

「朱音……？」

「蒼依，對不起。吵醒妳了？」

「沒關係……怎麼了？」

「…………」

朱音將窗簾掀起一小角，從縫隙看著外頭。

只有月光，看不清楚她的表情，但臉色明顯是黯然的。

蒼依從床上起身，來到朱音身旁。

「看得見什麼嗎……？」

從微微打開的窗戶聽得見一絲宣傳影片的音樂聲。

蒼依也站到朱音旁邊，試著望向外頭。

於是——發現了末晴在樹叢死角流淚的模樣。而且末晴的視線前方有白草正在練舞。

蒼依光是看見這一幕就理解了一切。

「蒼依……」

朱音用力按住胸口。

「我總覺得，胸口好痛……」

「……朱音。」

「不知道為什麼……明明我一次都沒碰過這種狀況……可是看著晴哥，就會覺得胸口都揪在一起……」

——不可以……朱音，那樣不可以……

蒼依將差點外漏的心聲吞回去，閉上嘴巴。

（妳不可以發現自己有那種心意……）

畢竟，「那條路是走不通的」。

只會讓自己煎熬，絕對無法見光。然而，光是能看見對方對自己露出笑容一下下，或者被對方稱讚，就會高興無比，忍不住歡天喜地，讓心兒都飄起來，最後換來的卻是哀傷。

這是毒。這種心意，肯定是一種毒。

對於這一點——「我比任何人都了解」。

所以我想告訴朱音。

「妳不可以變得像我一樣」。

但是——

對，但是——

心是束縛不了的，即使口頭說再多也沒有意義。既無邏輯也無意義。邏輯對心是不管用的。

所以，我——

「蒼依……？」

蒼依摟住了朱音。朱音感到疑惑，蒼依卻無視那些摟住她。

緊緊地，緊緊地。

「蒼依……」

朱音大概連被摟住的含意都沒有察覺。

不過，她在無心間應該有感受到什麼吧。

「……謝謝。」

說完，朱音就朝蒼依抱了回去。

——不過，真的嗎？

來自內心的呢喃，在胸口深處蠢動。

——我，或者我們，真的就沒有機會……？

每次都這樣。

我每次都會像這樣懷著淡淡的期待。

世上沒有絕對的事，所以有希望。

這樣的話語閃過腦海。

或許是這樣沒錯。

但是——「我懷有的心意並沒有那麼單純」。

——我最喜歡的黑羽姊姊。

沒錯，我根本無法忽視黑羽姊姊。

我明白。我的心意，會跟自己最喜歡的黑羽姊姊心意相衝。

不對，還不只這樣。

還有朱音……說不定，連碧姊姊都……

啊啊——

「蒼依，這樣會痛……」

蒼依回過神，放開了朱音。

大概是表情不對勁吧。

朱音扶正眼鏡，一改平時沒有表情的臉，聲音顫抖地問：

「蒼依，妳沒事吧……？」

「……嗯，我沒事啊。」

朱音表露出遲疑，卻還是嘀咕：「那就好……」

我明白。朱音不擅長觀察臉色，思路直來直往，所以受騙以後就無法推敲出正確的答案。

我是騙子。

在姊妹當中，我肯定最擅於說謊。連面對敏銳的黑羽姊姊，我也有自信不被看穿。

這項專長正符合卑鄙的我。

但是無所謂。假如我說謊能讓身邊風平浪靜，那就是對的。

畢竟——我好喜歡好喜歡身邊的每一個人。

倘若戀愛是一種毒——

對我來說，謊言就是一種藥。

但並非治病的藥。那是止痛的藥。

能短暫隱瞞真相，仗著為他人幸福著想的大義名分虛應敷衍……拖過一刻是一刻的藥。

不過這種藥——謊言——服用以後很難受。

畢竟越是撒謊，越是隱藏心意，「不被允許的這份情」就會變得更加濃烈強勁。

欸，末晴哥……請你告訴我。

我到底該怎麼辦才好呢——？

終章

＊

攝影旅行第三天同樣天氣晴朗。

今天規劃的行程只有拍攝宣傳影片，然後收拾舞台回家。中午我們會搭飛機離開沖繩。

吃完早餐，進行最後一次彩排順便測試機材，得到了滿意的結果。

而現在，我正在等要登台的三個女生換上正式表演用的服裝。

最先出來的是黑羽。

「欸，小晴，我問你喔──」

「……嗯？」

「是說，這套衣服──」

黑羽話說到這裡，白草就出現在我的視野邊緣了。

「啊，抱歉，小黑。」

「咦？等、等一下，小晴……？咦？」

我把攝影機擱到舞台邊，並且轉過身。

「喂～～小白！」

「嗯……？嗯嗯嗯嗯………？」

黑羽好像在背後嚷嚷著什麼，但是我頭也不回就跑掉了。

「小白，妳的腳狀況怎樣？」

「咦？嗯，我沒事啊。」

「真的嗎？讓我看一下。」

「等、等等，小末——」

白草將身體扭向旁邊。

我屈膝蹲下，讓白草把受傷的右腳放在我腿上，然後稍微提起全白洋裝的裙襬，再觸碰她的腳踝與小腿肚。

「這裡不會痛嗎？這裡呢？」

「小、小末，不要當著大家面前做這種色色的事……」

「嗯？妳說什麼？」

我抬起頭，臉色有些紅潤的白草就眨了眨眼睛。

「啊……沒有，沒事的……不要緊……那邊不會痛……」

「那是這一帶嗎？」

「……嗯，是啊。會痛的似乎是這一邊。外側比較痛。」

「剛才繪里小姐回來了，還帶了我之前託她買的冰鎮噴霧。用這個的話，我想疼痛會消退一點……可以嗎？」

「……嗯，麻煩你。」

黑羽看了我們這樣的互動，反應有點奇怪。

「這……不對吧……欸，慢著，等一下……嗯嗯……？」

哲彥和玲菜則在稍遠處互相嘀咕。

「那是怎麼回事，阿哲學長？」

「呃，我也搞不懂就是了……」

「總覺得他們變親密了，但好像也可以說變自然了……」

而真理愛打斷了這兩個人。

「——看來，人家或許有點『太低估她了』。」

「桃仔？」

「……對不起，是人家失言了。那人家現在就上台。」

我察覺真理愛準備上台，便盡快將冰敷處理完畢。

「這樣可以嗎，小白？」

「嗯，謝謝。」

「加油。」

「嗯，我會加油。」

群青同盟的三個女生就這樣上台了。

服裝都是她們三個來這裡時穿的便服。

毫無統一感，各穿各的。

但是一般女生三個人聚在一起，服裝會不同是當然的。正因如此才有「與現實相符的普通女生」調調，表現出各自的個性，反而新鮮。

白草穿全白的洋裝，清純派美少女在夏季的必備打扮，跟黑長直髮相配到近乎犯罪的地步。

真理愛是水手風裝扮，上半身白、下半身靛色的褲裝類似制服。她給人的印象是會穿鑲滿荷葉邊的衣服，因而有些許落差。我認為看起來比平常更加活潑，這種新鮮感很不錯。

黑羽則是穿寬鬆的T恤配喇叭裙，與其說強調可愛感，休閒的印象還比較強烈。日常味濃厚，某方面而言最符合這次的主題。

音樂播放出來。由於有朱音加以潤色，曲風變得更high了。

我一手拿著攝影機，從各種不同的角度拍攝她們三人。

強烈陽光正燒灼皮膚。

站在舞台上的三人想必相當難受。又唱歌，又跳舞，激烈動作讓汗水猛流。最緊張的人是白草，證據在於她戴的耳機麥克風會抖動。

不過笑容很迷人。我知道她最初跳得有多糟，對於這樣的進步就更是驚訝。真理愛的舞藝實在精湛，俐落度高了一個層次。富有表演力，緩急也變化自在。我一發呆就會把目光停在真理愛身上，可見其技術之高。

黑羽的舞步也都有抓到重點。不過，黑羽吸引注意的部分是歌喉多於動作，歌聲會自然流入耳朵，還能留下印象。歌藝並非特別高超，單純是嗓音吸引人。

但是——白草也沒有輸給她們。

要談到是哪個部分可以比美，這就不好說。但我在觀看全體表演時……對，「魅力」並沒有輸人。

或許我在偏袒白草。

畢竟我無法用舞步巧妙、表情豐富、歌藝動人之類的評語來形容白草的表演，只能相當曖昧地表示「有魅力」。

可是……我哪有辦法呢？

我看見了白草嘔心瀝血的努力。那個轉身，還有回望時的笑容，我了解她曾經苦於無法將每一個細節表演好，卻又靠著努力慢慢改善過來了。所以在我眼裡，白草就是最耀眼的。

『怎麼辦！夏天的戀愛要做出決定！Ｓ、Ｏ、Ｓ！樂園ＳＯＳ！』

加油……對，就是這時候轉圈……好！搞定了……！

有展現出練習的成果。白草肯定會痛，卻絲毫沒有表現在臉上。了不起的專業毅力……！

我拿著攝影機的手多了一股勁。

好，只差一點點……加油……歌就要唱完了……三個人集合在一起……！ＯＫ！撐得漂亮！拚過來了！小白，妳實在拚得精彩！

「哲彥，這夠完美的吧！」

看準歌曲播完，我便向哲彥搭話。

哲彥的目光落在手錶上，陷入了思索。

「……我們還有時間。雖然要看可知的腳狀況如何，假如不要緊，我們就再拍一次。」

「不不不，沒辦法比這更好了啦！跳得夠棒了！這樣就ＯＫ了吧？」

我逼近哲彥，哲彥就蹙了眉頭。

「冷靜點，末晴。你現在不夠冷靜耶。」

「哪有？這就是我冷靜判斷出來的結果。」

「喂，玲菜，幫我用海水潑這傢伙。」

「咦……不行啦……那樣有點……何況大大還拿著攝影機……」

「沒關係，妳就連攝影機一起潑。」

「我為什麼非要被你們用海水伺候啊！」

「等一下等一下，怎麼回事？小晴為什麼和哲彥同學吵起來了？」

「什麼情況……？」

「咦，小末……怎麼了嗎？我跳得不行嗎……？」

台上的三個人似乎察覺事態有異，也跟著湊向我們這邊。

但是，才走到一半——

「啊。」

恐怕是腳已經撐到極限的關係。

白草腳步踉蹌。

不知道是不是疲勞一舉湧上，感覺白草意識散漫，反應明顯比較遲鈍。偏偏她是在舞台邊緣站不穩……直接跌下去會撞到邊角，而且因為高低差，她根本沒辦法採取護身動作。

「——小白！」

我拋開攝影機，衝了過去。

在千鈞一髮之際，我將慣用手臂伸進白草和舞台之間。

於是——

「……唔！」

我勉強接住白草了。

——但是……

白草整個人壓在我的右臂，而且手臂底下是只用層板鋪在金屬管上，完全沒有防護措施的舞台邊角。手臂像這樣夾在中間，不可能平安無事。

喀一聲，有種不尋常的感覺。

「！！唔～～～～～～～～……！」

冒出劇痛，使得我全身僵住了。

「小末……！」

「小晴……！」

「末晴哥哥……！」

黑羽和真理愛臉色發青地趕了過來。

率先冷靜地掌握情況並採取行動的人是哲彥。

「玲菜，快搜尋附近有沒有醫院！繪里小姐，請妳去發動車子！碧，妳能幫他急救嗎！」

糟糕，意識矇朧了。我聽見哲彥的聲音，卻痛得聽不懂他在說什麼。

冷汗直流。我咬緊牙關，疼痛卻越漸加劇。

「小末……都是我害的……」

可是——白草悲痛的表情比疼痛更讓我難受。

「小白……妳還是一樣愛哭……」

在意識模糊之間，過去阿白哭泣的模樣和白草彼此重疊。

「小末……」

「別在意……這沒什麼大不了的……」

我抹掉從白草臉頰流過的眼淚，因為我不想再看她哭。

「小末……！」

白草用雙手裹住我的左手，疼惜似的用臉頰磨蹭。

我盡可能露出笑臉，並且摸了摸白草的臉。

＊

隔天——放完三連假的十月十日，星期二。

在演藝同好會亦即群青同盟的社辦，哲彥正以筆記型電腦確認昨天拍攝的宣傳用影片。

這時傳來敲門聲。

請進——話說完，就有個帶著笑容的型男走了進來。

「打擾嘍。」

「你有自知之明的話正好。會打擾人就請回吧。」

哲彥立刻這麼告訴對方，家境富裕又長得帥卻連性格都好得大受女生歡迎的學長就和氣地笑了。

「這陣子，我開始樂於看你的這種反應了。正合期待，我覺得很欣慰。」

「咦，學長是被虐狂啊？」

「這我就要否定了。我找不到其他人會做出跟你一樣的反應，覺得新鮮而已。」

哲彥深深嘆了氣。

「你是應考生吧？難道會閒著嗎……阿部學長？」

阿部仍帶著笑容走進房裡，然後關上門。

混帳，這傢伙根本是想賴在這裡。

「是啊，你說得對。最近我算閒下來了。」

「最近……？」

話說到這裡，哲彥就察覺了。

「答得漂亮。所幸我以ＡＯ入學的方式考進慶旺大學了。」

「！我懂了，推薦……！」

「啊，我聽了很不爽，所以並不會恭喜學長喔。」

「還是反過來由我送一份慶祝考上的糕點讓你沾沾喜？」

「硬向他人推銷自己的幸福是會被討厭的，學長你不知道嗎？」

「我早知道自己被你討厭，才想試試看能不能更加引你反感。」

「看來學長性格挺惡劣。」

「我可是常被周圍稱讚為好人喔。不過與其被當成好人，我覺得被當成壞人比較輕鬆，所以聽了反而高興呢。」

哲彥用中指抵在眉心，克制住飆升的血壓。

「……所以，今天學長有何貴事？」

「聽說你今天要在學校跟白草學妹拿剪輯影片用的軟體？」

「對……啊，因為可知請假，就改由學長拿來嗎？」

「答對了。這套軟體本來就是我家的東西，我父親一時衝動買的，卻沒有使用過。哎，原本會由白草學妹當中間人，由我直接交給你也沒問題吧？」

「我個人倒覺得有問題，反正學長拿來了，我就照收。」

哲彥打算收下對方遞過來的影片剪輯軟體——正要拿到手裡的那瞬間就撲了空。因為阿部抓準時機縮回手。

「……學長這是在做什麼？玩小學生的幼稚把戲嗎？」

「不，難得來一趟，我想聽聽你們在攝影旅行發生的事嘛。但是東西交出去以後，你肯定就不會說了吧。」

「無論學長給不給，聊那些都嫌麻煩，所以我是不會說的喔。」

「其實呢，白草學妹從旅行回來後就一直情緒消沉——」

「呃，你有聽見我說的話嗎？」

為什麼一聲明不聊，對方就自己講起來了？是不是國語說不通？

「有聽見，但是因為我想談這件事，才無視你的啊。」

「學長這種明知故犯的行為真的令人惱火。」

「會嗎？我覺得很開心耶。」

哲彥也想過要揍他，卻覺得似乎連這樣都會正中對方下懷，就只好作罷。

「唉……可知今天會請假，原來就是因為那樣？」

「意外嗎？」

「不會，末晴受傷以後，她哭了好一陣子，回程也一直靜靜地陪在末晴身邊，因此我是可以料到。不過——」

「嗯……？你想說……不過怎樣？」

「……嗯，怎麼說好呢，這次旅行，我個人是站在觀望的立場，能拍到女成員的宣傳影片就算贏了，所以對那四個人的關係倒沒有多介入。」

「嗯。」

阿部謹慎而不發出聲響地拉了椅子坐下。

「畢竟沒有明確的勝利基準，就這層意義而言，既沒有人贏也沒有人輸……但是要在這次的旅行舉出一名贏家，那無疑就是可知。」

若跳過中間的過程只看結果，只能夠這麼解讀。

因為在末晴和白草之間的氣氛，和他們對待彼此的方式、看待彼此的眼神，都跟去程時不一樣了。

何況——還有證據可以印證這一點。

「在最後一天的舞台表演，我、末晴、玲菜各拿了一台攝影機掌鏡……然而，這是末晴拍下的畫面。」

哲彥用筆記型電腦播放影片。

「哦……他拍的，全是白草學妹呢。」

「一看就懂吧？」

可以曉得末晴完全有偏袒。從這來看，末晴內心肯定是有變動的。

要說的話，可以解讀成「兩個人朝彼此走近一步了」，這是在黑羽或真理愛身上沒發生的現象。所以要舉一個勝者的話，哲彥認為非白草莫屬。

「真奇妙。照我從白草學妹那裡聽到的說法，她似乎盡會把事情搞砸呢。」。

「輸贏不明確的癥結就是出在這裡。即使在我看來，『可知光會把事情搞砸』也是無庸置疑。她成功的部分就只有先發制人促成旅行的企劃，並且擺了志田一道而已。實際上，可知去了沖繩以後就失誤連連，還屢屢受到干擾，印象中好像沒有任何一件事順她的意。」

「沒錯。就我所知，她想做丸學弟愛吃的炸雞塊抓住他的心，在機場就被桃坂學妹突然拿出來的點心先搶走了一分，之後又被迫比廚藝，在丸學弟面前出醜。此外她還想穿泳裝吸引人，卻受到桃坂學妹干擾；想用舞藝吸引人，就發現自己跳得最差，這些我都聽她說過。我想白草學妹會消沉是難免的。」

「可知擅長的恐怕是長期策劃吧。應該說，她不懂得臨機應變，長於戰略卻又短於戰術。以參謀而言是優秀的，可是當不了前線指揮官。可以這麼比喻。」

「是啊，沒錯。她有那樣的特質。」

「大概就是因為這樣吧，『真理愛才會對她鬆懈』。」

「嗯——？」

或許是哲彥的話出乎意料，阿部眨了眨眼。

「這話是什麼意思？」

「假設學長站在真理愛的立場，『怎麼樣的狀況才算順心呢』？」

「……你這麼說，是以『自覺並沒有成為丸學弟的戀愛對象』為前提嗎？」

「就是這樣。」

阿部交抱雙臂，別無用意地環顧狹小的社辦內部。

「我會想爭取時間。在丸學弟回心轉意前，要是讓他跟別人湊成對就傷腦筋了。從桃坂學妹的立場，考慮到他們是演藝圈同伴，時間過得越久便對自己越有利。」

「那麼，基於這套思路，學長覺得志田與可知哪一邊比較可怕？」

「……啊～原來如此，我總算懂了。要說哪一邊的話，當然是志田學妹可怕得多。聽到她『打算靠假裝失憶抹消掉一切』的時候，我也感到戰慄呢。點子本身固然荒謬，實際達成一定程度的『手腕』卻令人震撼。」

「『手腕』當然不是指物理上有力氣，那只是在形容黑羽有執行力和行動力，能達成無論怎麼想都行不通的事情。

哲彥本身就覺得假裝失憶是行不通的。即使如此，黑羽仍摸清末晴的性格，將局面推展到將近成功的地步。這一點很可怕。

「跟她一比，可知就算小意思了，畢竟她連計畫訂定出來都不太能順利實行。既然如此，末晴目前喜歡的是志田或可知……根本用不著討論，從真理愛的立場自然會覺得志田比較可怕。即使設法讓末晴的心向著自己，也要擔心志田說不定有那個手腕將局面翻盤。」

「所以才『鬆懈了』。你是這個意思？」

「在我看來，真理愛太過戒懼志田，『就沒有認真去干擾可知』。她應該是認為要攔阻志田的攻勢，就要讓可知拉近距離，『進一步造成雙方拮抗會比較方便』。不過——那應該就是她的失算吧。」

「出了什麼狀況嗎？」

「我也沒有目睹現場，不知道詳情。只是我敢說——」

哲彥聳了聳肩。

「『就算計畫失敗，也未必可以說在戀愛方面就失敗了』。」

「……這表示，白草學妹靠著失敗勾起了保護欲，是這麼回事嗎？」

「簡略來講的話。可知的計畫會失敗，應該是出自她的笨拙。不過，笨拙或許是個缺點，在男人眼裡看來卻也有吸引人的時候吧？」

哈哈，原來如此——阿部點頭。

「即使換成女性看男性，我想也是這樣喔。」

「嗯，也對。所以嘍，可知失敗連連，因此從計畫是否順利的觀點來看，或許可知才是唯一輸家。不過，她原本的目標就訂得太高了。『然而那樣的失敗，搞不好可說是她這次成為唯一贏家的主要因素』。我的感想就這樣。」

嗯——阿部咕噥著把手湊到下巴。

「是說，這樣的話，對丸學弟來說，白草學妹是不是本來就比志田學妹更符合他的喜好？」

「我倒是從一開始就這麼覺得喔，畢竟他喜歡上可知比志田要早。」

「啊，對喔，是這樣沒錯。既然如此，這下子要大亂了……」

「學長是指什麼？」

阿部看似十分愉悅地微笑了。

「——因為，白草學妹要跟丸學弟在同一間房子裡生活啦。」

＊

「——咦？這是怎麼一回事！」

我走出校門，就發現總一郎先生不知怎地等在那裡。因為受傷應該多有不便，他就表示要開車送我回家。

黑羽為了協助我而跟在旁邊，總一郎先生也問她要不要順便上車，我們兩個就一起搭上那輛黑色烤漆的車。

結果今天理應請假休息的白草就待在後座，副駕駛座還坐著不認識的女僕。

而且總一郎先生剛開車出發，就這麼對我說：

『小丸，你的手臂這樣在日常生活應該會吃不少苦頭，能不能讓阿白寄住在你家，好讓她幫忙照顧你？』

——就這樣。

這句話接到了我開頭的那句疑問。

總一郎先生朗聲告訴我：

「其實我跟你父親取得聯絡，也已經得到同意了。骨折的慣用臂要十天才會痊癒，沒人協助你的話，連飯都不能好好吃吧？」

現在我的右臂打了石膏固定。

起初我以為自己一個人也過得去，實際上卻相當吃力。

沒辦法用慣用手，使我拿不了筆，也拿不了筷子，甚至上廁所都要費一番工夫。沒人幫忙的話，就連衣服也穿不好。

「既然這樣，有我——」

白草聽見黑羽自告奮勇，就開了口：

「志田同學，害小末受傷的人，是我。讓我負起這個責任。」

「或、或許是妳說的那樣沒錯，不過——」

黑羽的反駁會顯得軟弱，大概是因為白草的父親總一郎先生在。

而總一郎先生用具紳士風範的沉著嗓音說：

「身為家長，我也希望讓阿白負起責任。她從昨天就一直自責，自責到今天早上還因此發燒。既然這樣，我也覺得讓她寄住在小丸家會比較好。」

「可、可是！讓年紀輕輕的女兒住在同年級男生家裡，未免太不合常識了吧！」

「顧慮到這點，我打算讓她一起寄住，這樣的話就不會出亂子。當然，我也向小丸的父親徵得同意了。」

穿女僕裝待在副駕駛座的少女默默點了頭。

「小晴呢！小晴你是怎麼想的！」

話題突然丟過來，我便心慌地做了答覆：

「呃，我當然是嚇了一跳，老實說，應該很有幫助吧……？畢竟今天一整天我就過得超不方便。妳想嘛，早上我也穿不好制服，還倉促地找妳到家裡幫忙啊。」

「既然如此，有我不就夠了！」

「總不能這樣吧。老是麻煩妳一個人也不好意思……」

「麻煩可知同學就沒關係嗎！」

「雖然我不在意，但小白表示她想負起責任的話，我是希望順她的意。畢竟總一郎先生已經像這樣表示同意了，我也能獲得幫助，何況還有這位女僕會協助吧？小白不是一個人扛起負擔，這樣應該就沒關係……」

「唔——」

黑羽吭不出聲了。

「總一郎先生，請問你是安排從哪天開始？」

「可以的話，我是打算直接讓她們住到你家。替換的衣物之類都在車上。有空的房間嗎？」

「有啊，我家有客房。她們倆嫌窄的話，我可以睡客廳，其中一人用我的房間也無妨……」

當我們琢磨著事情要怎麼辦時，黑羽一直默默不語。

即使我不時把目光轉過去，她都垂著臉，還用聽不見的音量嘀咕些什麼。

「妳別以為這樣就算贏了，可知同學──」

「……嗯？」

我豎起耳朵聽著從黑羽口中冒出的台詞，卻聽不清她在說什麼。

下集預告

OSANANAJIMI GA ZETTAI NI MAKENAI LOVE COMEDY

什麼是青梅竹馬——
距離近就叫青梅竹馬？
還是從小有交情就叫青梅竹馬？

「所以嘍，從今天起
要請你關照了，小末。」

白草將寄住在末晴家。
她對心生動搖的黑羽笑了。

「以往妳似乎把住在隔壁
當成自己的優勢……
真遺憾呢。
我啊，可以待在比妳更近的地方喔。」

青梅竹馬的絕對距離——互為鄰居。
親密度更勝於此的「同居」
讓黑羽的危機感達到最高峰！

「小晴……『不停說喜歡你的遊戲』
可還沒有結束耶……
你做好心理準備了嗎？」

虎視眈眈地摩拳擦掌的黑羽要怎麼扳回這一城？

「小末，啊、啊……啊～～……」

「喂～～！那座冰山可知同學竟然——！
太奇怪了——！總之姓丸的去死——！」

白草奮起接受挑戰！
情勢告急的第四集！！！！！

NEXT
SHUICHI NIMARU PRESENTS
VOLUME

而且群青同盟將拍攝記錄片，
講述末晴從演藝界消失的理由。

「你想起來了啊，小末？
過去你曾經和我『私奔』。」

白草談起以往的回憶——

「末晴哥哥……人家明白了。
我會安排好……讓你去『那個地方』。」

真理愛成為到分歧點的領路者——

「小晴……要不要跟我去久違的『祕密基地』？」

黑羽邀末晴到當年的逃避之地。

「請儘管放心。
因為……我討厭你這個人。」

而新角色女僕的真正心思又是什麼？

青梅竹馬絕對不會輸的戀愛喜劇 4

VOLUME:FOUR

累積至今的東西，
擱置於過去的東西。
位於將來的新關係
又會是如何——

考驗青梅竹馬情誼的第四集！敬請期待！

後記

大家好，我是二丸。在第二集後記曾提到再刷、改編漫畫、製作宣傳影片的事，後來又有令人訝異的消息接連出現。有兩種精美的廣告製播問世了，還有，本作在「這本輕小說真厲害！」獲得了新作第二名、綜合第五名的評價。之前才通知銷量突破十萬，這次又突破了十五萬，脫離現實的進展讓我訝異、心慌、倉皇、茫然，逃避現實到最後就進入了無我境界，回歸平常心生活至今。這些進展與評價都是拜各位讀者的聲援所賜，請容我在此致上謝意。

那麼，難得有機會就來聊聊趣味小插曲……我是這麼打算，卻想不出有什麼能提！

因此呢，之前在輕小說NEWS ONLINE的採訪中有談到「角色統統有著堅強心靈」這一點，我便決定稍做剖析。

這並不是在探討哪種做法比較好，然而青梅不輸要兼顧喜劇感，所以劇情會編得相對「豁達」。其實我比較擅長撰寫「嚴酷的故事」，出道作《Gifted》當中出現了「主角在序章參加應徵公司的考試，就突然被要求跳樓」的情節，想必正是一個不錯的證據。

不過在這嚴苛的現代社會……我個人覺得活著可以豁達些，也會把這樣的願望灌注於筆下。畢竟，我本身就是在求職冰河期中慘到跌落谷底的世代，所以也會懷有些許憧憬。感覺近年的故事大多情感纖細，在青梅不輸便反過來讓朋友和勁敵都毫不客氣地對彼此有話直說。這種豁達是構成青梅不輸的重要要素，也與我個人追求的「笑鬧間爭風吃醋」互通。

我認為這必須基於「相互認同」、「相互接納」。我想正因為有相互認同、相互接納的基礎，才能把話講得深入並且相互衝突吧。於是用喜歡來呈現這樣的關係以後，所有角色不知不覺中就都變得心靈堅強了……

我本身與心靈堅強差得遠，卻期望自己有顆豁達的心，與許多人建立能相互認同、相互接納的關係。

最後要誠摯感謝黑川編輯、小野寺編輯、負責插畫的しぐれうい老師！

給予眾多聲援的讀者們，雖然我往往無法回應各位，心裡頭仍深深感激！

還有，由衷感謝支持、鼓勵我的所有人。

二〇一九年　十二月　二丸修一

在流星雨中逝去的妳 1~5 待續

作者：松山剛　插畫：珈琲貴族

「夢想」與「太空」的感人巨作，
迎來最高潮的第五集！

平野大地回到高中時代。神祕學妹「犂紫苑」出現，說了「我就是蓋尼米德」告知自己的真面目……與幕後黑手「蓋尼米德」的對決、伊緒的失蹤、潛入Dark Web、黑市拍賣、有不死之身的外星生命、手臂上出現的神祕文字、來自過去的可怕反撲——

各 **NT$250/HK$83**

冰川老師想交個宅宅男友
篠宮夕
西沢5ミリ
OTAKARE
!! ---PLEASE---
第二堂課
Kadokawa Fantastic Novels

冰川老師想交個宅宅男友 1~2 待續

作者：篠宮夕　插畫：西沢5ミリ

超可愛的女教師×宅宅男高中生
祕密戀情再度升溫！

期中考快到了。我——霧島拓也開始瘋狂K書，卻因為過勞而病倒了。我的班導＆宅宅女友冰川真白老師基於擔心，提出了一個建議——「我搬到霧島同學家一起住——來舉辦K書集訓吧！」這樣確實很有效果……不對，這跟同居沒兩樣吧!?真的沒問題嗎!?

各 **NT$220~250/HK$73~83**

青春豬頭少年不會夢到迷惘女歌手
鴨志田一
插畫●溝口ケージ
Kadokawa Fantastic Novels

青春豬頭少年不會夢到迷惘女歌手

作者：鴨志田 一　插畫：溝口ケージ

咲太等人又碰上了未知的思春期症候群？
全新劇情展開的青春豬頭少年系列第十彈！

咲太等人升上大學，過著嶄新又平穩的生活，某一天——偶像團體「甜蜜子彈」的隊長卯月感覺怪怪的，總是少根筋的她居然會看周遭的氣氛……？咲太感覺事有蹊蹺，但是其他學生都沒察覺她的變化。這是碰上了未知的思春期症候群？還是——？

各 **NT$200~260/HK$65~78**

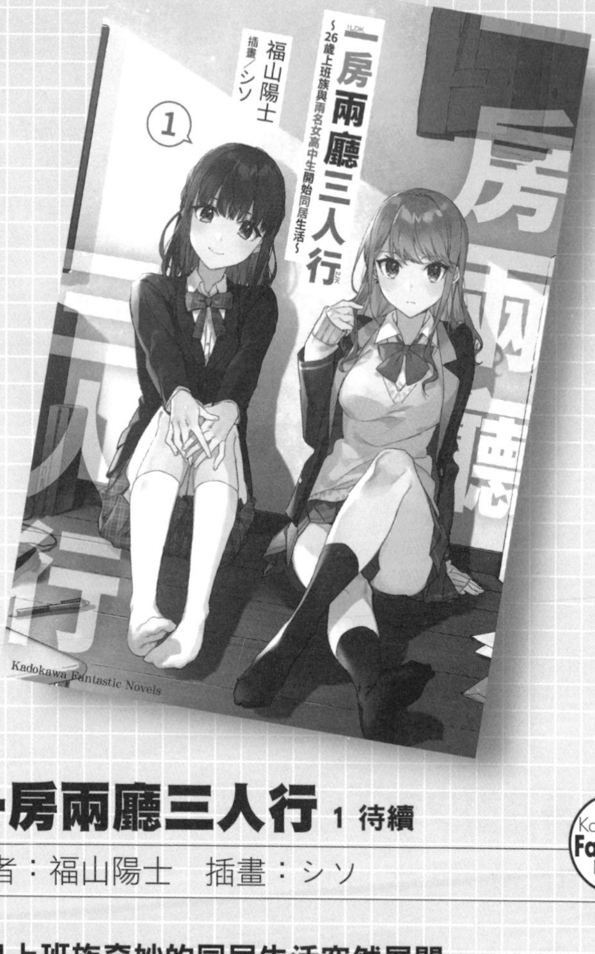

一房兩廳三人行 1 待續

Kadokawa Fantastic Novels

作者：福山陽士　插畫：シソ

單身上班族奇妙的同居生活突然展開。
與兩名JK共譜溫馨的居家戀愛喜劇。

由於父親託付，單身上班族駒村必須暫時照顧過去關係疏遠的表妹——打扮時髦的女高中生奏音。為生活急遽改變傷腦筋的駒村在下班途中遇見了離家出走而無處可去的女高中生陽葵，沒想到她竟然也硬是住進了駒村家中——

NT$220/HK$73

三角的距離無限趨近零 4

Bizarre Love Triangle

岬鷺宮

Misaki Saginomiya

illustration◊ Hiten

Kadokawa Fantastic Novels

三角的距離無限趨近零 1~4 待續

作者：岬鷺宮　插畫：Hiten

我愛上的那個女孩體內住著兩個靈魂——
與雙重人格少女譜出的三角戀愛故事。

矢野在跟春珂與秋玻接觸的過程中，戀情也在心中萌芽——又在某一天突然宣告結束。然後他變了。所以，為了找回剛認識時的「他」，我——我們展開了行動。在沒有交集的教育旅行途中，我們努力追逐矢野同學，就算我們已經不是情侶——

各 **NT$200~220/HK$67~73**

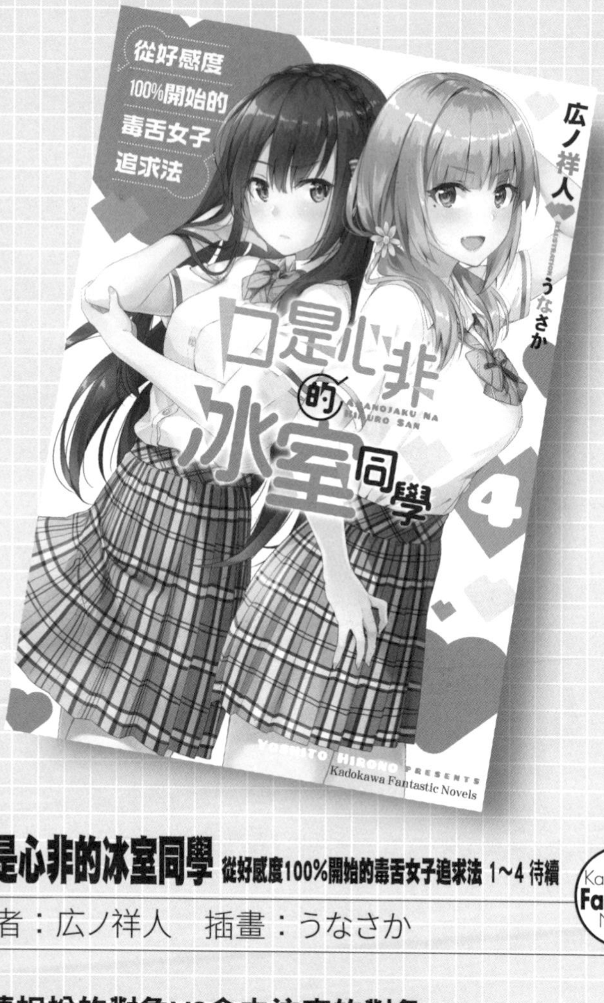

口是心非的冰室同學 從好感度100%開始的毒舌女子追求法 1~4 待續

作者：広ノ祥人　插畫：うなさか

兩情相悅的對象VS命中注定的對象——
能夠和愛斗拉近距離的人是誰？

對於成功迴避「戀來祭」這個隱藏魔咒的愛斗，涼葉為了讓兩人邁向下一個階段，竭盡全身小小的勇氣，提出約定情侶關係的「戀約者」測驗。而且她心想「我也得為田島同學做些什麼才行」，決定為了愛斗展開傲嬌大作戰！

各 **NT$220/HK$68~73**

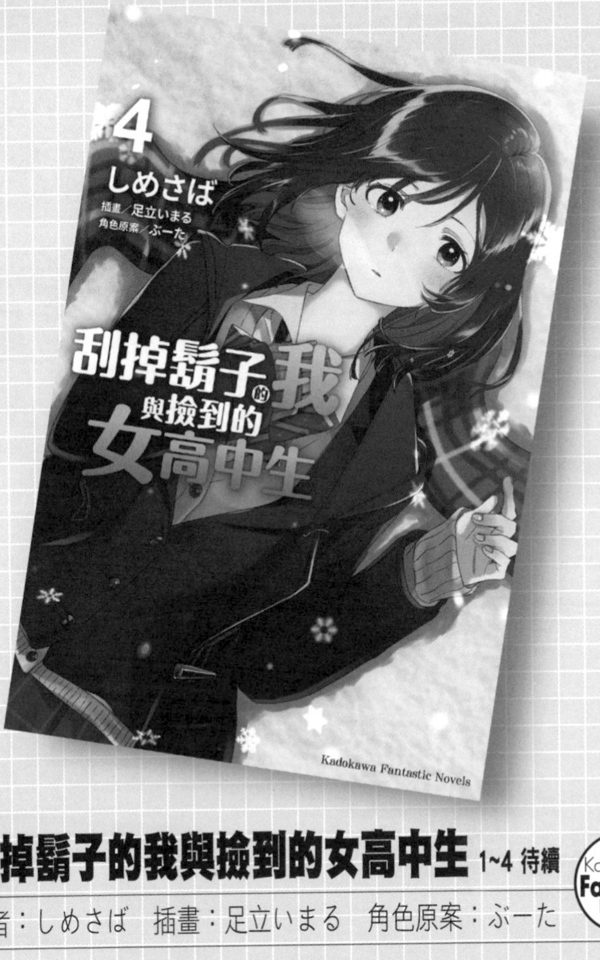

刮掉鬍子的我與撿到的女高中生 1~4 待續

作者：しめさば　插畫：足立いまる　角色原案：ぶーた

上班族 × JK，兩人的同居生活邁入倒數計時!?
日本系列銷售突破70,0000冊！

沙優的哥哥一颯突然來訪，兩人的同居生活突然面臨結束。回家期限在即，沙優緩緩道出自己的往事，關於學校，關於朋友，關於家庭。沙優為何會離家出走，而來到這麼遙遠的城市呢？這段日子跟吉田住在一起，她所獲得的又是什麼？事態急轉的第四集！

各 **NT$220~250/HK$73~83**

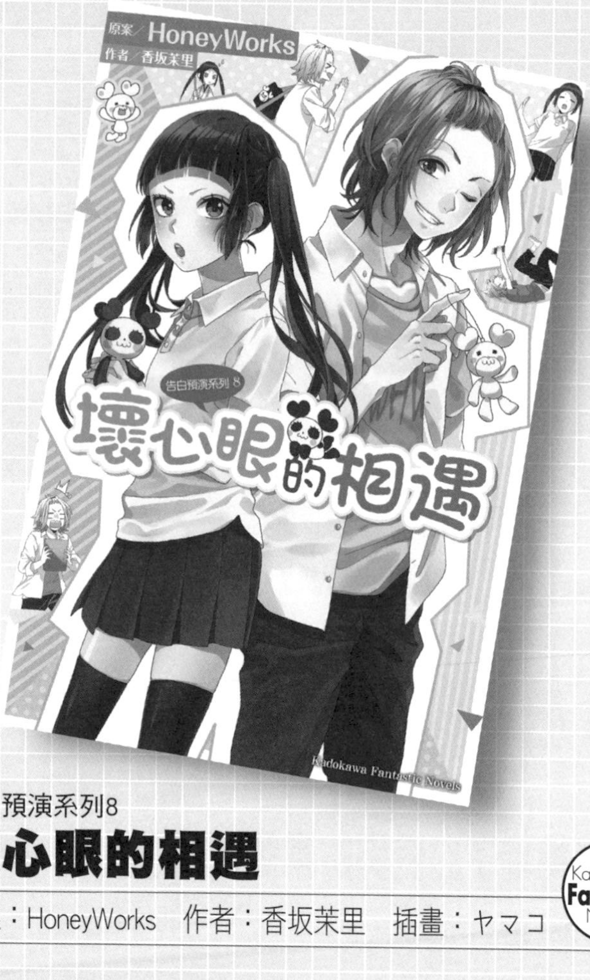

告白預演系列8

壞心眼的相遇

原案：HoneyWorks　作者：香坂茉里　插畫：ヤマコ

HoneyWorks超人氣戀愛歌曲「告白預演」系列，系列作小說化第八彈！

主張「開心享受戀愛的人才是贏家」的柴崎健，一時興起試圖接近從國中就在意的高見澤亞里紗，卻得到一句：「你在演戲嗎？這樣絕對很無趣吧。」這句話讓健開始動搖，為了縮短兩人間的距離，原本不會認真的他，回過神來卻發現自己陷入單戀……？

NT$200/HK$67

繼母的拖油瓶是我的前女友 1~2 待續

作者：紙城境介　插畫：たかやKi

「分手情侶」變成「兄弟姊妹」？
甜蜜卻又讓人焦急喊救命的戀愛喜劇！

水斗遇見了邊緣系御宅少女東頭伊佐奈，兩人意氣相投，發展成在圖書室共度放學後時光的關係？兩人超越友情的距離感讓結女焦慮不安。當伊佐奈察覺到自己對水斗的愛意時，結女還得以「水斗的繼姊」身分支持她？複雜交錯的「水斗攻略作戰」即將開始！

各 **NT$220/HK$73**

國家圖書館出版品預行編目資料

青梅竹馬絕對不會輸的戀愛喜劇/二丸修一作 ; 鄭人彥譯 -- 初版. -- 臺北市 : 臺灣角川股份有限公司, 2021.02-

冊 ; 公分. -- (Kadokawa fantastic novels)

譯自 : 幼なじみが絶対に負けないラブコメ

ISBN 978-986-524-249-7(第1冊 : 平裝). --

ISBN 978-986-524-419-4(第2冊 : 平裝). --

ISBN 978-986-524-551-1(第3冊 : 平裝)

861.57 109020418

青梅竹馬絕對不會輸的戀愛喜劇 3

（原著名：幼なじみが絶対に負けないラブコメ 3）

2021年6月17日　初版第1刷發行

作　　者：二丸修一
插　　畫：しぐれうい
譯　　者：鄭人彥

發 行 人：岩崎剛人
總 編 輯：蔡佩芬
編　　輯：孫千棻
美術設計：莊捷寧
印　　務：李明修（主任）、張加恩（主任）、張凱棋

發 行 所：台灣角川股份有限公司
地　　址：105台北市光復北路11巷44號5樓
電　　話：（02）2747-2433
傳　　真：（02）2747-2558
網　　址：http://www.kadokawa.com.tw
劃撥帳戶：台灣角川股份有限公司
劃撥帳號：19487412
法律顧問：有澤法律事務所
製　　版：巨茂科技印刷有限公司
ＩＳＢＮ：978-986-524-551-1